포레스트 웨일 공동 작가

파도처럼
스친 휴가

이겸 | 꿈꾸는 쟁이 | MOLee | 김혜지 | 최준우 | 이연화 | 류광현
동네과학쌤 | 강대진 | 임은혜 | 오구목 | 유체 | 이혜성 | 바지사자
이철희 | 임만옥 | 백현기 | 한라노 | 루시아(혜린) | 강서율
이민영 | 노태영 | 아낌 | 이찬희 | 최정 | 김예빈 | 전갈마녀[조해원]
조현민 | 신지은 | 문미영 | 윤슬인 | 김미영 | 우주 | 이기선 | 장준혁
최이서 | 칠월하루 | 안세진 | 김감귤 | 인꽃 | 주변인 | 0526
비온담 | 문병열 | lilylove | 하형정 | 진은영 | 사랑의 빛 | 희작
강단교 | 명량소녀 | 김채림(수풀) | 전진명 | 윤슬 | 영지현 | 윤현정

FOREST
WHALE

차례

포레스트 웨일

공동 작가

파도

푸른

얼음이 눈물을 흘리는 온도의 계절
우리의 시간을 채우기엔 넘치는 온도

푸른색이 잘 어울리는 너와
푸른빛이 가득한 바다로 떠난다

지글지글
아스팔트의 온도를 지나

둥실둥실
파도의 온도를 찾아

푸른 바다의 끝자락 모퉁이에
발을 담가본다

이내 마음이 푸르러진다.

물꽃

검은 바다가 몰아쳤다
비바람이 불어도 파도만은 선명했다
파도에 물꽃이 피어났다 졌다 반복했다

너와 추억 하나하나를 곱씹을 때마다
검던 바다가 조금씩 빛을 탔다

물꽃이 폈다,
사랑이란 게 이겼다

오늘도 파도에 물꽃이 핀다,
너를 생각해야겠다

파도

나의 하루하루는 거센 파도 위에

사는 느낌이라네

내 몸 하나 제대로 가누지 못하는 나를

파도 속으로 거세게 밀어붙이네

바위에 부딪쳐 부서지고, 물살에 휩쓸려

수없이 넘어져도 다시 일어서서

나아가야 하는 나의 하루

밀려왔다 바위에 부딪혀도 끝없이 밀려와서 부딪히

고 가는 파도 같은 삶을 살아가는 나를

가로막는 파도에게 이렇게 말하고 싶네

파도야

이제 그만

나를 가로막지 말아 줘

파도 네가 가로막지 않아도

파도 네가 매일 나를 휘몰아치지 않아도

맨날 휘청거릴 수밖에 없는 나니까

파도처럼 스친 휴가

파도타기

어제부터 흥얼거린다

서핑 USA

수로로부터 끌어올려지는 물줄기가

졸졸졸. 좔좔좔

쾈쾈쾈

물거품을 일으키며 쾈쾈 뿜어져 나오는 물이

동심원을 그리며 확산되어 가고

렌즈를 들어 올려 고도를 높인다.

조금씩 푸르게 포기와 길이를 늘여가는 모 포기들이 들

어오고, 이어서 짙푸른 산의 나무들, 창공에 오르면 다

시금 횡으로 이어지는 시선과 화면 의식 감동의 물결!

내 마음도 따라서 파도타기

서핑 USA!

나를 삼킬 듯한 파도 앞에서

부산 해운대에서 마주한 파도는

마치 나를 집어삼킬 듯 매섭게 넘실거렸다.

물이 밀려올 때마다 나는 반 발짝씩 뒤로 물러났다.

그건 파도 때문만은 아니었다.

삶이 자꾸만 나를 밀어냈고,

나는 그 앞에서 자꾸만 움츠러들었다.

그해 여름, 나는 어떤 것들로부터 도망치고 있었다.

해야 할 선택, 마주하기 싫은 얼굴,

그리고 '괜찮은 척'하는 나 자신.

파도는 그 모든 걸 알고 있기라도 한 듯

사정없이 밀려왔다가 내 무릎까지 차올랐다.

나는 바다 앞에 오래 서 있었다.
누군가와 함께 온 여행이었지만,
막상 내 옆엔 아무도 없었다.
수많은 사람들 속에서 혼자였고,
그 고립감은 오히려 더 깊은 외로움으로 번졌다.

파도는 쉬지 않고 나를 흔들었다.
금방이라도 쓰러질 것 같은 자세로 서 있다가,
나는 문득 깨달았다.
이 바다는, 이 파도는
내가 무너지기를 바라지 않는다는 것을.

그 매서운 물살 속에는
묘하게도 다정함이 스며 있었다.
마치 나를 시험하려는 듯하다가도
결정적인 순간엔 꼭 멈춰주는
그런 감정 같은 것.

나는 그날 파도에게 물었다.
"왜 이렇게 무섭게 다가오는데,

막상 덮치진 않니?”

파도는 대답 대신
조금 부드러운 물살로 발끝을 감쌌다.
그리고는 천천히, 다시 제자리로 물러났다.

그 순간 알았다.
세상은 가끔 나를 삼킬 듯 다가오지만,
결국 그 안에서
나는 나대로 버텨내고 있다는 것을.

해운대의 파도는 그날
조용히 나를 가르쳤다.
무서운 것일수록,
그 안엔 종종
내가 길들여야 할 용기가 들어 있다는 것을.

파도처럼 스친 휴가

파도는 나보다 조용했다

월미도 바닷가는 그날도 조용히 넘실거리고 있었다.

춤을 추는 것 같기도 했고, 휘파람을 부는 것 같기도
했다.

나는 벤치에 앉아 바다를 가만히 바라봤다.

그 순간, 파도는 내 쪽으로 다가왔다.

아무 말 없이, 천천히, 조용히.

그날 나는 할머니가 떠나신 날을 떠올리고 있었다.

시간은 꽤 흘렀다. 내가 스물한두 살 무렵, 그 여름이
었다.

다른 가족들은 침묵으로 슬픔을 삼켰지만, 나는 그럴
수 없었다.

엄마보다도, 누구보다도 더 울었던 건 나였다.

그 울음은 억울함도, 두려움도 아니었다.

말로 설명할 수 없는 슬픔이었다.
존재 하나가 사라지는 일이 세상을 이렇게도 무겁게
만들 수 있다는 걸, 그때 처음 알았다.

그때는 정말 끝이라고 생각했다.
다시는 누군가를 그렇게 사랑하지 못할 거라고,
다시는 여름을 예전처럼 느끼지 못할 거라고.

그리고 몇 해가 지나, 나는 바다 앞에 앉아 있었다.
모든 게 괜찮은 척, 잘 살고 있는 척 지내던 어느 날.
불쑥, 할머니가 보고 싶었다.
그 손.
그 웃음소리.
"우리 손녀가, 제일 이쁘지"
늘 그렇게 말해주던 목소리.

나는 울었다.
몇 년 만에, 다시.
처음보다 조용히, 하지만 더 깊게.
바다는 말없이 내 앞에 있었다.

파도처럼 스친 휴가

파도는 다가왔다가, 조용히 물러갔다.
나보다도 더 조용히.

나는 알았다.
그 파도는 위로였다.
"괜찮아, 그렇게 사랑했구나."
그 말이, 말이 아닌 채로, 내 발끝에 닿았다.

파도는 끝내 나를 안아주지 않았고, 대신 곁에 있었다.
그건 누군가를 정말 사랑했을 때 할 수 있는 방식이
었다.
붙잡지 않고, 억지로 위로하지 않고,
다만 곁에 있어 주는 일.

그날 이후, 나는 종종 바다에 간다.
그때처럼 크게 울진 않지만,
마음 한구석이 젖을 때면
파도는 여전히 나보다 먼저 알아채곤 한다.

파도

파도가 우릴 골려주며 웃었다

여름 수련회, 계곡에서 처음 래프팅을 탔던 날이 있었다. 아침부터 햇볕이 쨍쨍했고, 물소리는 신이 나 있었다. 무거운 구명조끼를 껴입고 배 위에 올라탔을 때, 다들 낯선 설렘으로 서로를 바라봤다. 그때의 우리에겐 준비도, 예측도 없었다. 다만, 흥분된 눈빛과 "가자!"는 외침이 있었다.

파도는 그날따라 참 장난기가 많았다. 출렁이며 다가왔다가, 우리 배 옆구리를 슬쩍 건드렸다. 그러면 배는 기우뚱했고, 누군가는 엉덩이가 들썩였다. 한 명이 비명을 지르면, 뒤이어 물벼락이 터졌다. 파도는 그런 우리를 바라보며 재미있다는 듯 또 밀려들었다. "이 정도는 견뎌야지?" 하는 듯한 표정이었달까.

우리는 젖었다. 머리카락부터 양말까지 흠뻑, 물은 찼지만 마음은 더 뜨거웠다. 서로를 끌어당기고 밀치면서, 수면 위를 구르듯 웃었다. 얼굴 가득 물을 뒤집어써도 누구 하나 짜증 내지 않았고, 물 안으로 빠졌다 나오면서도 "재밌다"라는 말만 반복했다.

지금 생각해 보면, 그 계곡의 파도는 단순한 자연의 흐름이 아니라 우리 기억 속 한 장면의 주인공이었다. 그날의 파도는 무섭지도, 거칠지도 않았다. 그건 우리를 시험하듯 몰아붙이다가도, 바로 그다음 순간엔 쓰다듬듯 가라앉는 아이 같았다.

우린 그 장난을 받아줬고, 파도는 그걸 알아차린 듯 더 신나게 뛰어들었다. 물장구치는 아이들처럼, 우리와 파도는 한 팀이었다.

많은 여름이 흘렀고, 그날 함께 배를 탔던 친구들의 얼굴도 조금씩 흐려졌다. 사진은 없지만, 내 안엔 여전히 그 여름이 선명하다. 물살을 가르던 소리, 함께 넘어진 뒤 터졌던 웃음, 파도처럼 가볍고 생생했던 한순간.

이제는 계곡보다 조용한 일상을 살아가지만, 가끔 파도 소리를 들으면 그날이 불쑥 떠오른다. 나를 골려주던 파도, 그리고 그 장난에 기꺼이 젖었던 나.

그 여름, 파도는 우리를 골려주며, 아마 우리보다 먼저 웃고 있었을 것이다.

파도처럼 스친 휴가

파도

그대도 내 안에 파도처럼

내 마음 깊숙이 들어왔다 나가시는군요.

뭐가 그리 급하신지 이번만큼은

제 안에 오래 머물러 파도의 영광을 누리게 해주세요.

소리 없이 부서지는 파도

햇살이 유난히 눈부신 날
바다는 온통 너였다
쏟아지는 파도 속
그가 있었다
그녀와 함께

나는 모래 위,
파라솔 그늘 아래
작은 얼음물처럼
조용히 녹고 있었지

너의 웃음이 파도에 실려
이쪽으로 건너왔을 때
나는 어떻게 숨을 쉬는지도
잠시 잊었어

두 사람은 말없이 걷고 있었고
나는 말없이 바라보고 있었어
팔짱 낀 모습이
한때 나였다는 건
이 바다만 알고 있겠지
설렘과 그리움은
때론 한 몸처럼 가슴을 찌르지

기억의 파편이
햇살처럼 부서져
눈시울로 떨어졌을 때
나는 다시 혼자였다
여름 한가운데
그 누구도 되지 못한 채

'그래도 괜찮다'고
파도는 말했어
사랑은,
멀리서도 빛나는 거라고

파도

파도는 다 잊지 않아도 된다고 말했어

이별의 파편을 쓸어 담고
조용히 걸었다

그날처럼,
바다는 여전히 푸르렀고
파도는 내 마음처럼
부서졌다가 다시 모였다

모래 위엔
지나온 발자국이 남았고
나는 그 위에
덧그려진 오늘을 걸었다

눈물이 나올 듯 말 듯
가슴 한켠이 간질거리는데
파도가 말했다
"다 잊지 않아도 괜찮아.
기억은 아픔만은 아니니까."

그 말을 들은 건
내가 아니라
내 안의 아주 조용한 나였다

바람은 어깨를 감싸며
무겁던 마음을 내려놓게 했고
나는 처음으로
그때의 너를 미워하지 않았다

사랑했던 계절은
그대로 남아도
새로운 햇살은
매일 조금씩 다르니까

나는 이제 안다
바다는 모든 걸 삼키지 않아도
그저 가만히
곁에 있어 주는 존재라는 걸

파도는 매번 부서지면서도
결코 사라지지 않는다는 걸.

파도처럼 스친 휴가

사랑은 파도처럼

파도 소리가 가슴 깊은 곳까지
다정하게 전해집니다.
마치 오래된 아름다운 선율처럼, 어느 계절의 소중한
추억처럼 말입니다.

갈매기들의 울음소리는 가벼운 웃음처럼 경쾌하게
들립니다.
서로를 부르며 날아가는 그들의 모습에는
햇살을 머금은 자유로움과, 저마다의 아름다운 이야
기가 담겨 있는 듯합니다.

모래 위를 맨발로 거니는 연인들은,
가끔 부딪히는 어깨에도,
눈을 마주치며 환하게 웃습니다.

바다 냄새가 스며든 그들의 손끝은
따뜻하면서도 시원한 감촉을 전합니다.

사랑은 이 순간, 바다와 많이 닮았습니다.
깊고 푸르며, 끝없이 펼쳐지고,
파도처럼 다시 찾아오는 것처럼 말입니다.

바다는 오늘따라 유난히 푸르고 아름답고,
햇살은 투명하게 반짝입니다.
코끝에 닿는 소금기 섞인 바람은,
그 안에 서로의 따뜻한 체온을 머금고 있습니다.

눈을 감으면,
파도 소리와 웃음소리와 바람 소리가
하나의 아름다운 언어로 다가옵니다.
사랑이라고 불러도 좋을 만큼,
파도처럼 반복되고, 깊고, 감각적인 사랑을 담은 언어
로 그렇게 다가옵니다.

기타와 파도 사이

고요한 밤, 바다는 조용히 숨을 쉬고 있습니다.
어둠 속에서 들려오는 파도소리는
마치 마음의 속삭임과 같습니다.

누군가의 마음속 깊은 말들이
물결을 타고 전해지는 듯합니다.
멀리서 터졌던 불꽃놀이는
이제는 하늘 위에 희미한 기억만 남긴 채
사라졌습니다.

그 자리에 기타 선율이 내려앉습니다.
누군가 조용히 튕기는 줄 위로
흔히 들었지만, 여전히 가슴을 울리는
선율이 흐릅니다.

사람들은 말이 없이

그저 노래에 귀를 기울이고 있습니다.

기타 소리와 함께 부드럽게 겹지는 노랫말,

그 안엔 오래된 연인의 대화처럼

알아듣는 이만 알아듣는 사랑의 언어가 숨어 있습니다.

어두운 바다 앞에 앉아

서로의 어깨에 기대는 두 사람,

말없이 바라보는 눈빛 속에

사랑은 말보다 깊게 흐르고 있습니다.

파도는 밤에도 끊임없이 다가옵니다.

가만히, 조용히, 그러나 분명하게.

그렇게 사랑도 다시 말없이 파도가 되어

그들 사이를 스쳐 지나갑니다.

남긴 건, 잊지 못할 어떤 노래의 한 구절.

그리고 그 바다를 기억하는 마음으로,

기타 선율과 파도 소리 사이에

흐르는 사랑의 감정으로...

파도처럼 스친 휴가

방파제

나는 오늘도 그대를 위해
파도 없는 바다를 꿈꾼다

한 돌 두 돌 쌓아 올려
거친 바람 가로막고
높은 파도 흩어지게
고요한 품을 만들었다

잔잔한 물결 속에서
그대, 천천히 자라났고
작은 노를 저어가며
이내 고요에 길들었다

그물코마다 꿈을 걸어
낯선 섬을 향해 떠난
그대 돌아서던 밤에
나는 별들에게 속삭였다

바람아, 불어주소서
고요히, 파도 없이 불어주소서
먼바다에도 풍랑 없기를
달빛 아래 홀로 앉아 되묻는다

너무 잔잔했던 바다가
그대를 오히려 약하게 했을까
파도 없는 품이 오히려
그대를 작게 만들었을까

오늘도 방파제엔
포말만 푸르게 자라고
항구는 홀로 앉아
바닷길 멀리 바라본다

파도처럼 스친 휴가

지킬 배도 떠난 자리
파도가 할퀴고 간 몸 위에
허연 뼈처럼 조개껍데기가 박히고
나는 꺼뜨리지 못한 등불의 눈으로
먼바다 어둠을 쓸어본다

파도에 휩쓸려, 빈 배로 돌아와도 좋다
스스로 뱃머리만 돌릴 수 있다면 나는 좋다
먼 곳의 그대 안부를
바람결에 물어본다

나는 여전히 그대를 위해
파도를 견디는 법을 배운다

파도

파도와 속삭이는 기억

스무 해 전, 그 밤바다 앞에 섰을 때 내 귀는 오직 너의 목소리와 파도 소리만을 담았다.
칠월의 늦은 밤, 짭짤한 바닷바람이 뺨을 스쳤고, 네 손을 처음 잡았던 그 순간의 온기가 아직도 남아 있는 듯했다.

"바닷소리, 좋지?"
네가 속삭이던 그 말은 파도의 리듬에 실려 내 안 깊숙이 파고들었다.
그때는 정말 바다였다.
너와 나, 그리고 맑고 투명한 파도 소리만이 존재하던 세계.
모든 것이 생생했고, 맑았고, 선명했다.

시간은 강물처럼 흘러 나를 도시의 한복판에 데려다 놓았다.

매일 밤 퇴근길, 지하철 1호선 막차의 바퀴가 레일을 긁는 소리는 어느새 내 일상의 배경음이 되었다.

눈을 감으면 그 굉음이 이상하게도 파도 소리로 들리는 듯했다.

밀려오고 밀려가는 반복의 리듬.

철로 위를 구르던 차가운 쇳소리가 오래된 기억의 파도를 일으켜, 스물의 내가 서 있던 바닷가를 다시 떠오르게 했다.

그리고, 마침내 다시 찾은 그 밤바다.

스무 해 전의 그 자리. 나는 파도를 기다렸다.

밀려오는 소리. 분명 파도인데, 그 안에 무언가 섞여 있다.

편의점 자동문의 '삑' 하는 소리, 멀리서 들려오는 에어컨 실외기의 낮은 진동음, 바닷가 인근 호텔의 배기장치 소리까지.

조개껍데기 부딪히는 소리도 더 이상 청량하지 않았다.

파도

그 소리는 오히려 딱딱하고 무감각하게 들렸다.

마치 나를 향해 무언가를 말하려는 듯했지만, 나는 그 언어를 더 이상 이해하지 못했다.

내 귀는 도시의 주파수에 길들여졌고, 바다는 낯설게 다가왔다.

도시가 내 청각의 필터가 되어 버린 것이다.

너의 손을 잡았던 이 모래 위에서, 나는 더 이상 순수한 소리를 듣지 못한다.

파도는 여전히 같은 리듬으로 노래하고 있지만, 그 소리를 듣는 나의 귀는 달라져 있었다.

첫사랑의 기억은 여전히 아름답지만, 그 기억을 감싸던 감각의 맑음은 사라졌다.

스무 해 전 너와 나 사이로 흐르던 그 투명한 음은, 지금 이곳에서는 전혀 다른 방식으로 다가온다.

모든 기억은 결국, 감각 위에 다시 쓰인다.

나는 더 이상 예전의 바다를 들을 수 없지만, 낯선 감각 속에서 오래된 빛이 어렴풋이 살아나는 순간들이 있다.

우리는 그렇게, 익숙한 소음 속에서도 잊지 못하는 추억 속 감각을 품고 살아간다.
낡은 소리의 기억은 도시의 소음과 겹치며 전혀 새로운 감각을 빚어낸다.
기억은 파도처럼 디시 닿고 마는 것이다.
한순간 밀려왔다가 잊히는 듯하지만, 다시 돌아와 마음을 적신다.

밤바다는 여전히 똑같은 노래를 부른다.
바뀐 건 나일 뿐이다.
그 시간의 거리만큼, 나는 어른이 되었다.
순수함을 잃는 것이 성숙의 대가라면, 나는 그 값을 치른 것이다.

이제 내 안의 파도 소리는 도시의 소리와 함께 존재한다.
지하철 소리 속에서 바다를 그리워하고, 바다에서 도시를 듣는다.

나는 오늘 밤도 바다와 도시를 파도처럼 오간다.
너와 나의 찬란했던 기억은 이제 저 멀리 수평선처럼
아득하지만, 그 빛이 지금의 나를 여전히 비춘다.
파도는 같은 리듬으로 밀려오고,
나는 그 안에서 한때의 빛을 다시 만난다.

그래도 괜찮다.
도시의 소음 속에서도, 나는 너와 나의 기억을 끝내
길어 올린다.
그 감각 또한, 지나온 시간을 이해하게 만든 한 조각
의 파도였다.

파도처럼 스친 휴가

파도치는 인생

푸르른 바다 위에서
하얗게 출렁이는
멋진 파도소리
큰 바위와 부딪히며
철썩거리는 물결
잔잔한 바다도
큰 파도를 일으키며
험난함을
아주 멋지게 보여주고있음을
그 멋짐의 하얀물결이
소리 내며 우는
아픔의 눈물임을

우리의 인생길에서
뿌옇게 가로막는
성난 파도치는 인생
큰 장벽에 부딪히면
덜컹거리는 가슴
잔잔한 마음도
큰 파도를 일으키며
근심·걱정을
아주 멋지게 이겨내고 있음을
그 멋짐의 하얀 물결이
소리 내며 우는
견뎌내는 눈물임을

매번 파도치는 인생일지라도
아픔을 부딪치며 이겨내고 있는
인생 성장의 멋진 소리임을

파도처럼 스친 휴가

1. 임은혜

파도가 지나간 여백

모든 걸 내려놓고 마주한 하루
시계도, 말도 필요 없는 시간

햇살이 등을 감싸고
바람이 천천히 머리를 지나갈 때
파도 소리는 오래 머무는 법을 가르쳐 주는 듯

움직임은 멈췄지만
존재는 조금 더 가벼워지고
감정보다 먼저 숨이 살아 오르며
고요는 말없이 마음을 덮는다

가만히 있어도
살아 있다는 기분이 조용히 번지고
그 여백은,
어느 날 문뜩 떠오를지도 모를 한 장면으로 남는다

2. 임은혜

파도가 닿던 날

모든 장면이 빠르게 지나갔지만
이상하게도, 단 하나의 순간만은 남았다

발끝에 파도가 닿던 그때
굳어 있던 표정은 햇살처럼 풀리고
그림자는 고요한 물 위에 천천히 퍼져갔다

지나온 시간을 조용히 흘려보내는
작은 의식 같았던 그 장면

머물렀던 마음이
다시 흐르기 시작했고
숨처럼 잊고 있던 리듬이
부드럽게, 다시 살아나는 중이었다

짧게 머문 시간이지만
묘하게 깊이 스며들었고
흘러간 줄 알았지만
지금도 마음 어딘가에 머무르고 있다

다시, 나에게로 걷는 길

그 여름의 끝에서
발걸음은 바다를 향해 천천히 움직인다

물든 하늘 아래
부서지는 파도와
하루를 마무리하는 바람이 가볍게 스친다

떠날 채비를 하며
마음속을 가만히 비워내고
무거웠던 기억은 바다에 흘려두며
지나친 감정은 말없이 내려놓는다.

돌아가는 길이 막막하지 않은 건
안쪽 어딘가에서

조용히 다시 살아나는 기운이 피어나고 있기 때문일
지 모른다

휴가는 그렇게,
마음을 한 걸음 물러나 바라보는 시간.
그리고 그 끝엔,
다시 자기 자신으로 돌아오는 걸음이 있다.

우리를 부르는 소리

누군가 우릴 불렀다.
일제히 고갤 돌려 한곳을 응시했다.

드러눕기도 하고 손장난도 쳤다.
꺄르륵 꺄르륵 소리로 우리도 응답했다.

파도였다.

사랑은 곧 밀물이려나요

파도같이 들이칠 땐 언제고
밀물처럼 이제 와 밀어내나

순간을 영원처럼 부풀리던 말들이
이제는 침묵의 가장자리에서 무너지네

나는 끝내 목줄 없는 파도였고
너는 해안선을 바꾸는 계절

다 잠기고 나서야 깨달은 사랑은
언제나 늦게, 가장 조용히 사라지네.

미련의 파도

밀려온 너의 잔상이
돌아서지도 못한 채 들이친다

쓸려간 말들 밀어낸 눈빛에
아직 나는 허우적거리고 있다

그리움은 물처럼 차가워서
날카롭게 내 안을 긁는다

벗어날수록 더 깊게 잠기고
빠질수록 숨이 막힌다

끝난 사랑의 파도가
왜 이토록 거세게 나를 덮치는가
미련의 바다 위에서
왜 나는 조각난 채로 방랑하는가

너울

말없이 지나간 시간의 파도
그 안에 감춰진 가장 큰 외침으로
기억을 추억하는 노스텔지어의 만년필
파란은 서리의 가시로 내게 다가오고
단지 그날을 그리는 시간만으로 추스르는데
저기 저 물까치의 푸른 빛의 향연의 날개로
아아 파도를 날고 싶어라!
기억을 추억하는 비탄한 내 모습에
잔잔한 너울만 일렁이는구나.

애열

나를 감싸려 다가오신 그대 품에
이 몸을 담궈 그대의 향을 배어서
떠나갈 뒷모습에 남을 향마저도
일렁이는 파랑과 함께 기억할 테요.

곧이어 다시 찾아오실 모습이
가면을 쓴 것처럼 전과 달라도
그대 모습은 변해도 변하지 않아
여전히 그 향을 아른하게 품을 테죠.

나에게 오고 가길 반복하는 그대에게
후, 하고 내쉰 숨에 숨은 내 말을
일렁이던 파도가 전해주면 좋으련데
나, 그리워도 그립다 하지 않겠어요.

파도

내 님아, 내 님아
저 멀리서부터 팔 뻗어 달려오셔서
이 모습 초라해도 내게 안겨주세요.

갈매기 나르던 드넓은 바다 위에 누워
내 님과 추는 이 정결하고 우아한 왈츠

뭇별이 비치는 밤바다의 무대 위에서
내 박자를 당신의 박자에 하나, 둘

몸을 맡기듯 일체화하여 춤을 추면서
영원이라는 약속을 귓가에 속삭이겠습니다.

파도 너머

일렁이는 아래엔
깊고 멀리 있는 네가 보였다

알갱이가
내 발끝을 스치면
너의 생각에 잠기고

물결은 나를 지나
내 뒤를 감싸안으면
너도 나를 흘려보낼까 두렵다

그래도 너의 파도 속으로
잠기고, 쓸려가고
부서지더라도

나는 너에게 가야겠다

닿을 때까지

가라앉을지라도

너울빛

너는 누구야
파도에 쓸려오는
일몰일까

바람결에 스며든
밤하늘의 별일까

그 무엇이든
상관없어

나는 나이고
너는 너일 테니까

그저
너라는 "너"를
알고 싶으니까

파도가 치는 풍경

파도처럼 엄마는 아빠의 등을 친다
파도 파도 나오는 비상금 때문이다

당신 비상금 혹시 바닥에도 숨겼어?
엄마가 소리친다

바닥에 안 숨겼어, 그게 다야
아빠가 답한다

바다에 던져버리기 전에 솔직하게 말해!
엄마가 소리친다

소파 밑바닥에 숨겼어
아빠가 답한다

철썩거리는 엄마의 손과
섬처럼 웅크리는 아빠.

웅크리고 있던 아빠는
철딱서니 없는 말을 한다
게임기 사려고 비상금 모은 게 잘못이야

엄마는 아빠의 말에
성난 해일이 되었다

아빠는 썰물이 되어 도망치고
엄마는 밀물이 되어 쫓아간다

파도처럼 스친 휴가

1. 임만옥

오겡키데스카

동해 바다 끝자락에
네 이름 하나 띄웠다.
철썩, 하고 부서지는 물결마다
나는 너를 불렀다.

모래알 틈으로 스며든 시간 속에
우리의 여름이 숨어 있었다.
햇살 아래 웃던 너의 눈동자,
내 심장처럼 뛰던 파도

멀어지면 잊힐 줄 알았지
그런데 봐
이토록 다시
네게 닿고 싶은 마음은

파도처럼 돌아오잖아
말하지 못한 말들이
소금물에 젖어 묵직해질 때면
나는 바람에 실어 묻는다.

오겡키데스카
잘 지내나요.
이름만 불러도 아려 오는 그대는

한 번쯤은
이 바다에 귀 기울여 주었으면
내 그리움이 밀려드는 소리에
조금은
기울여 주었으면

사랑은 떠난 뒤에도
그 자리에 남아
바다처럼 숨 쉬는 거니까

파도처럼 스친 휴가

조약돌 한 알

파도 끝에
작은 조약돌 하나
나를 향해 굴러왔다.

손에 쥐자
차가운 온기
말없이 다듬어진 시간의 결이
손바닥에 고요히 맺혔다.

이건 어쩌면
너였는지도 모른다.

너에게 하지 못한 말,
미안하다는 말
괜찮냐는 안부

그리고 끝끝내 삼킨 사랑까지도

모서리를 모두 잃고
동그랗게 다듬어진 채
바다는 너를 나에게 보내왔다.

나는 그 조약돌을
손에 꼭 쥔 채
파도 앞에 섰다.

언젠가 너도
이런 마음 하나
손에 쥐어보았을까
말없이 조용히
가라앉는 그리움을

다시 밀려오지 않아도 좋으니
그 조약돌처럼
네 안에도
내가 하나쯤은 남아 있기를

비 오는 제주, 절망에서 감동으로

여행은 새로운 풍경과 경험을 만나는 설렘으로 시작된다. 나 역시 푸른 바다를 상상하며 제주행 비행기에 몸을 실었다. 도착 후 바닷가를 거닐 때까지만 해도 모든 것이 순조로웠다. 파도 소리 덕분에 마음까지 편했다.

하지만 삶은 예측 불가능한 순간의 연속이다. 갑자기 하늘이 어두워지더니, 소나기가 쏟아졌다. 순식간에 비에 젖었다. 옷은 몸에 달라붙고 신발 속 발은 퉁퉁 붓는게 느껴졌다. 갑작스러운 날씨에 여행이 계획이 틀어졌다. 숙소로 돌아와 젖은 옷을 갈아입으며 '아, 망했네. 뭐 이러냐.' 하는 짜증과 실망만 마음속에 가득 찼다. 기분이 바닥을 쳤다.

날씨는 맑아졌다가 흐려지기를 반복했다. 이대로 숙소에만 머물기엔 아쉬웠다. '어떻게든 남은 시간을 보내야지' 하는 마음에 차를 몰아 사려니숲길로 향했다. 갑자기 소나기가 다시 내리기 시작했다. 와이퍼가 정신없이 움직여도 앞이 제대로 보이지 않았다. 조심스레 숲길을 따라 운전하던 중, 눈앞에 급커브 길이 나타났고, 순간 믿기 힘든 광경을 목격했다.

빗물에 미끄러진 듯한 차 한 대가 휘청하더니, 그대로 길옆 도랑으로 굴러떨어지며 전복된 것이다. 쿵! 하는 둔탁한 소리와 함께 차는 옆으로 완전히 뒤집혔고, 세차게 내리는 비는 그 처참한 광경 위로 무심히 쏟아져 내렸다. 간담이 서늘해지는 충격과 함께 '어떻게 하지?' 하는 생각이 스쳤지만, 이내 '모르겠다!' 생각이 터져 나왔다. 망설일 수 없었다. 갓길에 차를 세우고 비를 뚫고 사고 현장으로 미친 듯이 달려갔다.

전복된 차 안을 들여다보니, 아이 둘과 성인 여성 한 분이 갇혀 있었다. 차는 옆으로 누워 있었고, 바로 옆으로는 빗물이 빠르게 흐르고 있었으니, 자칫하면 더 큰

파도처럼 스친 휴가

위험에 처할 상황이었다. 여성분은 공포에 질린 얼굴로 실려달라 소리치며 허공에 손을 흔들고 있었다. 그 절박한 눈빛과 외침을 보는 순간, 내 안의 모든 두려움은 사라지고 오직 '구해야 한다'는 일념만이 남았다.

평소 같으면 무서워서 벌벌 떨었을 상황이다. 오직 안에 갇힌 생명만을 향한 간절함이 나를 움직였다. 전복된 차 위로 단숨에 뛰어올랐다. 빗물에 몸이 휘청거렸지만, 오직 구출해야 한다는 생각뿐이었다. 여성분의 손을 잡고 힘껏 끌어올렸다. 차가 뒤집혀 좁아진 틈새로 몸을 빼내는 것이 쉽지 않았으나, 필사적인 힘으로 그녀를 차 밖으로 끌어냈다. 이어 차 안에서 울고 있는 아이들도 차례로 구해냈다. 한 명, 한 명 내 손으로 차 밖으로 끌어낼 때마다, 그 작은 생명의 무게가 내 손에 고스란히 전해져 왔다. 그 순간 느꼈던 것은 안도감 이전에, 오직 이 생명들을 무사히 구해내야 한다는 강렬한 책임감과 집중력뿐이었다. 주변의 빗소리도, 내몸이 젖는 것도 느껴지지 않았고, 오직 내 손에 잡힌 그들의 온기만이 현실로 다가왔다. '살았다!', '됐다!' 하는 생각만이 머릿속을 가득 채웠다.

세 사람 모두 무사히 차 밖으로 구해내어 안전한 곳으로 옮겼을 때, 그제야 긴장이 탁 풀리면서 온몸에 힘이 빠지는 것을 느꼈다. 다리가 후들거리고 심장이 미친 듯이 뛰었다. 내 차 안에서 비 그칠 때까지 안정을 취하게 했다. 119에 전화를 걸었지만 한 시간이 넘게 걸린다는 말에 직접 운전해 제주시에 계신 가족분들께 연락해서 모셔다 드렸다. 다음 날 아침, 아이들의 엄마에게 검사 결과 큰 이상 없다는 연락을 받았다. '다행입니다.' 과 '안전 운전하세요' 라는 짧은 인사만 남기고 통화를 마쳤다.

사실 갑자기 쏟아진 비 때문에 짜증이 가득했다. 하지만 눈앞에서 벌어진 사고와 과정에서 내가 할 수 있는 일을 해냈다는 사실은 허탈했던 마음을 순식간에 뒤바꾸어 놓았다. 누군가에게 내 작은 힘을 나누어 주어 그들의 생명을 지켜낼 수 있었다니. 망쳤다고 생각했던 비 오는 날이 오히려 내 인생에서 가장 뜻깊고 잊을 수 없는 날이 된 것이다. 이보다 더한 감동이 있을까 싶었다.

파도처럼 스친 휴가

기억을 잘하는 사람의 특징 중 하나가 감동을 잘한다는 말이 있다. 6년 전의 그날 일이 마치 며칠 선 일처럼 생생하게 기억나는 것을 보면, 나는 그때 참으로 깊은 감동을 받았었나 보다. 그 절박한 상황 속에서 피어난 생명력, 그리고 그 생명력을 지켜낼 수 있었다는 사실 자체가 나에게는 엄청난 울림으로 다가왔다.

사람들은 파리가 아름다운 이유가 그곳이 본래 아름다워서가 아니라, 우리가 그곳에 머무를 수 있는 시간이 얼마 되지 않아서라고 말하기도 한다. 또한 내가 그곳에 '있었기' 때문에, 그 순간을 '경험했기' 때문에 비로소 아름답게 느껴지고 감동받는 것이라고도 한다. 나에게 제주에서의 그날이 그러했다. 단순히 비 오는 날의 사고가 아니라, 그 빗속에서 내가 존재했고, 내가 행동했으며, 그로 인해 누군가의 삶이 이어질 수 있었다는 사실. 그것이 제주를 나에게 또 다른 감동이 기억된 특별한 휴가지로 만들었다.

삶이란 어쩌면 이런 감동의 순간들을 하나씩 진주알 꿰듯 모아가는 과정이 아닐까 싶다. 때로는 예상치 못한 비바람을 만나 여행을 망쳤다고 생각할 수도 있다. 허나 그 시련 속에서 우리는 예상치 못한 방식으로 빛나는 순간들을 마주하기도 한다.

 누군가에게 작은 도움을 건네고, 그로 인해 얻게 되는 벅찬 감정, 혹은 타인의 아픔에 공감하고 함께 눈물 흘리는 순간들, 아니면 그냥 길가에 핀 작은 꽃을 보고 마음이 따뜻해지는 순간들까지. 이러한 감동의 기억들이 하나씩 쌓여 우리의 삶을 더욱 풍요롭고 깊이 있게 만들어주는 것이다.

 제주에서의 그날, 비는 나에게 시련을 주었으나, 동시에 내 안의 용기를 일깨우고 생명의 소중함을 다시금 느끼게 해주었다. 그리고 무엇보다, 어려움 속에서 피어난 진정한 감동이 무엇인지 가르쳐 주었다. 망쳤다고 생각했던 여행이 잊을 수 없는 감동으로 기억된 것처럼, 우리의 삶 또한 예상치 못한 어려움 속에서 가장 빛나는 진주를 발견할 수 있음을 믿는다. 그 진주알들을 소중히 간직하며, 앞으로도 삶이 주는 감동의 순간들을 기꺼이 마주하고 싶다.

구명보트

나의 파도야

지금은 늦은 밤

수평선 끝에 뭐가 있을까 싶었는데

하늘이 있다는 걸 알게 되었지

낮에는 남 보기가 부끄러워 선을 그어놓고

밤에는 남 볼 일이 없다고 선을 지워버리니

짙은 곤색의 하늘, 아니 저기까지는 바다인 거 같은데

이렇게 헷갈리게 만들려는 속셈인가 보다

하늘엔 세어도 어색하지 않은 별들이 있었어

그것들이 하나의 이름으로 묶인다면

열두 별자리 중 하나이길 바라보기도 하고

아마 그중에서도 황소자리였을 거야

네가 그 계절에 태어났으니까

둥근 잿빛 날리는 광경을 보며

나는 벌레가 많은 여름이 싫다고 말했지만

나의 파도야

너는 그것이 별똥별인 줄 알고 소원을 빌 뻔했다 말

했어

이 바다가 이 여름이 잡아먹었을 사람들을 위해

수평선 너머에서 구명보트를 데려온 거야

우선 구조 대상이 아닌 나에겐 어떨지 모르겠지만

그래서 소원을 빌었던 거 같아

우리의 앞날이 순간만 같게 해달라고

그런 소원이라면 자리 하나쯤은 생기겠지

그래서 소원을 두 번 빌었어

한참 넘실거리다 힘들 때

슬쩍 올라타라고

파도처럼 스친 휴가

파도이자 나무야

바다야.

난 너의 바다야.

형용할 수 없는 눈물을 받아

휩쓸려 보낼 그런 파도야.

산이야.

난 너의 산이야.

너의 외로움을 흡수해

다 짊어질 그런 나무야.

내가 너의 파도이자 나무야.

너만은 형용할 수 없는 눈물과

이겨낼 수 없는 외로움을

짊어지지 말고 털어내라고

그래서 내가 너의 파도이자 나무야.

파도

파도가 저 멀리서 일렁인다

나를 덮쳐 깊은 바다로 끌어내려라

푸름에 잠겨 파란을 잊으련다

파도가 친다

나에게 다가오너라

바다에 잠겨 모두 잊으련다

숨 막히는 세상과 멀리에서
옥빛을 바라본다

아름다운 윤슬 아래에 잠들련다

파도야, 오늘은 나를 덮쳐주어라
푸름을 한 번이라도 만끽하고 떠나가련다

아름다운 윤슬 아래에 잠들련다

바다를 좋아한다고 해서

바다를 좋아한다고 해서
바다만큼 푸른 사람이 될 수 있을까
오묘한 빛깔이 섞인 바다를 사랑한다고 해서
나의 색깔에 옥색이 잘 어우러질 수 있을까

늘 평온한 물결의 멜로디를 만끽한다고 해서
내가 잔잔한 흐름을 만들어낼 수 있을까
그렇게 모두에게 사랑받는 아름다움을 바라본다고
해서
나는 그 빛을 가질 수 없으니까

그러게, 이제 알겠어

바다를 유영하는 이들처럼 세상을 유영해

바다의 파동이 고스란히 느껴오고

그런 바다의 푸름에 완전히 스며들어도

난 어디까지나 격랑을 피하려는 이일 뿐이니까

바다의 파도를 피하고

잔잔하게 빛나는 바다만을 바라볼 뿐이니까

푸른 파도

파도 소리가 푸르다

물결이 흔들리는 동시에

파도가 바다를 가로지른다

파도야

내 바닷속 우울까지도 다 쓸어가 버려라

파도야

숨 막히는 일상에 마른 익사가 없도록

세상을 포근하게 적셔주어라

파도야

내가 하루라도 더 살 수 있게

그토록 아름다운 푸름을 그려내 주어라

파도

텅 빈 병실 속 파도 소리가 들려왔다. 하지만 그것은 내 착각이었다. 하얀 병실 속 보이는 것은 굳게 닫힌 창문과 누워있는 사람들이었다. 누군가는 그들을 희망이 꺼진 불씨라고 부를지도 모르겠다. 나도 같은 처지였다. 어느 날 발병한 희귀병으로 가족은 떠나갔고 남은 것은 수천만 원의 병원비였다. 내가 이것들을 깨닫고 한 일은 간단했다. 더 이상 치료를 받지 않는 것. 수명을 연장하지 않는다는 뜻이었다. 내게 남은 것들은 몇 달 살지 못하는 연약한 수명과 수천만 원의 병원비. 나는 신경 쓰기보다는 애써 무시해 왔다. 내 인생이 불행한 것은 아니니까. 현재 대한민국에서 치료를 받지 못하고 죽는 사람들이 많다. 그들에 비하면 나의 삶은 아무것도 아니었다. 불행도 행복도 없는 중간의 어느 사이. 그곳에 나는 살고 있었다. 아니, 살아 있다.

2022년 11월 24일.

　대학병원까지 가서 희귀병 판정을 받았다. 의사는 나에게 보호자를 작성하라며 동의서를 주었지만 나는 작성할 수 없었다. 내가 희귀병 판단을 받자마자 도망가 버린 것은 나의 보호자니까. 누가 보면 이런 부모를 둔 나를 불쌍하게 생각할 수도, 내 부모가 어리석은 인간이라 생각할 수도 있겠지만 그 어떤 것도 답이 되지 않는다. 나에게 있어 그들은 충실한 부모 '역할'을 해주었기에 탓할 수 없었다. 그럼에도 나를 버리고 간 부모가 미웠다. 그리고 몇 분 후 믿을 수 없는 소식을 들었다. 그들이 나를 사망 처리해 버린 것. 어차피 죽을 거 미리 해 놓는 편이 나을 거라 생각했나 보다. 그들에게 나는 어떤 존재도 아니었다. 화목한 가족을 표현하기 위한 수단에 불과했던 것이다. 목에 걸리고도 못해 찢어져 버린 말들을 내뱉기에는 몸 상태가 견뎌주지 않았다. 열이 오르고 온몸 곳곳에 통증이 찾아왔다. 그걸 보고 달려오는 의사와 간호사들. 어라 나는 버튼을 누르지 않았는데.

2022년 12월 23일.

간단한 수액을 맞고 일어나던 참이었다. 희귀병이란 바람에 할 수 있는 것은 수액을 맞으며 죽음을 기다리는 일뿐이었다. 움직이기도, 말하기도, 먹기도 힘든 몸이었다. 그때, 한 간호사가 내몸 상태를 확인하기 위해 들어왔다. 나에게 종이를 건넸다. 밀린 병원 비였다. 거기에 빚까지 수천만 원에 달했다. 나는 더 이상 나아질 것 같지 않은 몸 상태에 치료를 그만둔다고 말했다. 간호사는 고통이 있을 텐데 괜찮겠다고 물었고 나는 그렇다고 답했다.

2022년 12월 24일.

고통에 몸부림치다 잠을 샌 하루였다. 치료를 끊은 지 하루밖에 안 됐는데도 견디기 힘들었다. 피곤한 눈으로 굳게 닫힌 창밖을 바라보았다. 거센 파도가 치고 있었다. 내 눈을 의심하기도 전에 눈이 암전됐다. 파도를 온몸으로 느낄 수 있었던 그날이 너무도 그리웠다. 하지만 더 이상 파도를 보러 바다에 가기에는 늦은 것 같았다. 나는 어이없어 웃었다. 치료도, 수명도 포기해 놓고 바다라니 말 같지도 않았다. 더 이상 눈으로 아름다운 세상을 볼 수 없게 되었다. 의사는 치료를 끊은 탓이라고 나에게 책임을 떠넘겼다.

2022년 12월 25일.

눈이 잠깐 정신을 차린 것일까? 병실 밖에 있는 그림자가 흐릿하게 보였다. 그것은 나를 향해 다가왔고 나에게 손을 내밀었다. 그가 말하길, "이거 해보시겠어요?" 그는 나의 치료 중단을 받아준 간호사였다. 나는 이미 삶을 포기했기에 거절하려 했다. 그럼에도 그것을 썩은 동아줄이라고 생각하고 잡기로 했다. "그게 뭔데요?" 그는 내 손에 무언가를 건네주었다. 작은 헤드셋이었다. 이것은 얼마나 많은 사람들을 거쳐 갔기에 이렇게 낡은 것인가. 그는 내 생각을 훔쳐보기라도 한 듯 말하기 시작했다. "최신은 아니지만, 이걸로 밖에 나간 기분을 느끼신 분들이 많았어요." 희미하게 보이는 그녀의 눈웃음이 보였지만, 선뜻 손이 가지 않았다. 이게 마지막일까 무서웠기에. 그가 말하는 밖이란 단어가 어쩐지 낯설게 느껴졌다. 언제 마지막으로 햇빛을 보았고, 바람을 느꼈고, 바다의 냄새를 맡았는지 기억나지 않았다. 오로지 오래전 경험으로만

파도처럼 스친 휴가

존재했다. 나는 그를 보며 고개를 끄덕였다. 더 이상 잃을 것도 없었기에.

2022년 12월 26일.

그것을 받고 하루 동안 충전을 하자 작동이 되었다. 기기가 켜지자, 아주 조용한 파도 소리가 들려왔다. 마치 모랫바닥을 밟고 있는 것 같았다. 몸이 가볍게 느껴졌다. 어느새 나는 해변 위에 서 있었다. 온몸이 살아있다는 듯이 감촉이 돌아오기 시작했다. 빈 머리에 바람이 스치는 느낌은 진짜 같았다. 모래가 발가락 사이 곳곳에 들어오고, 파도가 발등을 부드럽게 쓰다듬었다. 마치 이곳이 현실일까 상상했지만 가옥한 현실은 나를 붙잡아두었다. 기기가 꺼지자 모든 것이 고통으로 가득 찼다. 나는 그 순간만이 내가 살아 있는 순간으로 여기기 시작했다.

2022년 12월 27일.

다시 기기를 하루 동안 충전하자 작동되었다. 그가 말하기로는 기기는 5분 동안만 작동하고 자동으로 꺼진다고 했다. 아쉬웠지만 동시에 5분이라는 시간이

있다는 것조차도 감사했다. 파도는 말없이 밀려 들어
왔다가 돌아가기를 반복했다. 나는 바다가 반복하는
호흡에 귀를 기울였다. 눈을 감자 파도의 소리는 더
선명해졌다. 하지만 5분이 가까이 되자 파도 소리는
점점 힘을 잃어 가기 시작했다. 그 순간은 나를 보는
느낌이 들었다.

2022년 12월 28일.
　기기가 꺼졌다. 눈을 뜨자 보이는 것은 여전히 무채
색의 병실이었다. 흐릿한 눈으로 창밖을 바라보았다.
무엇도 보이지가 않았다. 그저 차가운 침대가 나의 촉
감을 곤두세웠을 뿐. 하지만 마음속 어딘가는 아직 바
다에 남아 있었다. 그가 들어와서 조심스럽게 물었
다. "어떠셨나요?" 나는 잠시 침묵을 하다가 아주 작
게 웃었다. "살아있는 기분이었어요." 내 말 한마디에,
간호사는 뒤를 돌아 나가버렸다. 나는 조용히 기기를
정리하며 눈을 감았다. 다시 파도 소리가 귀를 침범했
다. 짧았지만 분명히 존재했던 나의 여름. 이른 새벽,
그것이 꿈이 아니길 소망했다.

2022년 12월 29일.

기기가 사라져 버렸다. 이 모든 게 꿈이었던 것일까? 아무 감정도 들지 않았다. 그저 창밖을 바라보았다. 이제는 아무것도 보이지 않지만.

2022년 12월 30일.

어제 이후로 나는 매일 밤 잠에 들기 전에 희미한 파도 소리를 들었다. 그게 환상일지라도 나는 행복했다. 살아있는 느낌이 들게 해주었으니까. 발소리가 들렸다. 그인 것 같았다. 나는 그에게 감사를 표현하기 위해 남은 목소리의 힘을 짜냈지만 나가는 소리는 없었다. 그저 숨만 내쉬며 들이쉬는 게 끝이었다. 그는 내일이 되기 직전에 나에게 기기를 씌어줬다.

2023년 1월 1일.

나는 기기를 통해 들려오는 파도 소리를 온몸으로 느꼈다. 나는 여전히 병실에 누워있었지만, 몸을 가눌 수 없게 되었지만 바다에 가고 싶은 마음만은 단단했다. 그러나 나는 죽음이 다가오고 있다는 것을 느꼈다. 어쩔 수 없는 비극이었다. 언제 어디서나 일어나는 이런 삶의 비극. 그럼에도 아직 나는 살아있었다.
조금이라도.

나의 마지막 여름도 5분뿐이었다.
하지만 어떤 삶의 순간보다도 따뜻하고 아름다웠다.

가장 멋진 파도

셰어하우스 옆방에서 지내던 서연이 내 방에 몰래 들어와 느닷없이 날 깨운 건 새벽 4시경, 아직 동이 트기 전이었다.

"태영씨... 태영씨..! 지금 가야 돼요!"

들리는 목소리가 꿈인지, 현실인지 분간할 수 없었다. 이윽고 눈을 떴을 때, 놀랍게도 서연이 낮은 침대 머리맡에 쪼그리고 앉아선 날 깨우려고 어깨를 잡아 흔들고 있었다. 순간 비명이 터져 나올 뻔했다. 이 시간에 내 방에서 서연을 마주하는 일은 상상도 하지 못했기 때문이다, 침을 삼켜 억지로 입을 닫았다.

"이 시간에 무슨 일이에요 서연 씨?."

"지금 출발해야 늦기 전에 도착해요, 우리 시간 없어요. 얼른 차 키 챙겨서 나와요."

"잠깐만 준비 좀 할게요."

서연은 알았다며 고개를 끄덕이곤 거실로 나가기 전에 자신의 스마트 워치를 가리키며 시간이 없음을 다시 한번 내게 확인시켜 주었다. 잠도 덜 깬 나는 상황을 생각하기보다는 우선 서연의 말을 듣기로 하였다. 황급히 외투 주머니에 차 키, 지갑 등을 쑤셔 넣고 모자를 챙겨 오래된 문이 큰소리를 내지 않게 천천히 닫고 거실로 나왔다. 서연은 거실 소파에 앉아 나를 기다리고 있었다. 우리는 살금살금 거실을 지나 집주인이 깨지 않게 조심히 신발장 철제 미닫이문을 열고 마당으로 나왔다.

서연은 신난 듯한 표정이었다, 입꼬리 끝이 한껏 올라가 있었다. 아직 주위는 어두웠지만, 먼발치서부터 타오르는 붉은빛이 그녀의 짙은 눈썹과 큰 눈동자에 맺혀 있었다. 나는 그런 서연을 보며 말했다.

"나 놀란 건 알죠?"

"나 원래는 안 그런 사람인 거 알죠?"

그게 서연의 답이었다, 서연은 이미 화장도 다 한 상태였다. 살짝 얄미움을 느꼈다.

"자, 이제 어떻게 할까요, 우리 시간 없다면서요."

파도처럼 스친 휴가

　마당을 나와 좌측으로 빈 밭이 있는 골목을 따라 걸으며 내가 물었다.

"우리 일출 보러 가야 해요, 차 멀리 주차했어요?."

"아뇨 바로 앞인데. 그보다 여기 제주 서쪽이에요 서연 씨, 서쪽에서 해가 어떻게 떠요."

"그래서 태영 씨 차로 좀 가야 돼요."

"이 새벽에 동쪽까지 가게요?."

"아니야 다 생각이 있어요, 대신에 카페 열면 커피 한잔 살게요. 몰라 일단 가요."

"그래... 그래요, 일단 가요. 나 술 안 먹어서 다행이다 진짜."

　서연은 차에 오르자마자 곧바로 내비게이션으로 목적지를 검색했다. 곧 원하는 목적지를 설정한 서연이 준비되었음을 뜻하는 눈빛을 보냈고, 동이 트는 새벽에 우리는 송악산을 향하여 출발하였다.

　내비게이션에 따르면 일주 서로를 달려 송악산까지는 30분이 조금 더 걸리는 시간이었다. 우리는 음악을 들으며 주제가 없는 간단한 농담들을 나눴다. 그 사이 바다의 반대편 좌측의 오름 사이로부터 하늘이 더 선명한 색으로 붉게 타오르고 있었다.

"저 제주 온 둘째 날 기억나요?"

서연이 다소 진중한 목소리로 말했다, 조수석에서 나를 집중해서 보는 눈이 느껴졌다.

"그럼요, 갯바위 위에서 처음 봤잖아요. 우리 지내는 셰어하우스도 소개해 드리고 그날."

"그날 너무 많이 울어서 한 이틀은 눈이 퉁퉁 부어 있었어요. 돌아오면서 태영 씨가 노래도 하나 소개해 줬는데 '가장 멋진 파도'."

"그 뒤로도 들었어요?."

"그럼요 가수 이름이 '전기 뱀장어'라고 신기하다고 만 생각했었는데, 가사가 너무 좋은 거 있죠."

"맞아요, 그 곡 가사 정말 좋아요. 물론 노래도 좋고."

제주에서 서연을 처음 마주친 건 제주 서쪽의 조용한 바닷가 갯바위 위에서였다. 원체 사람이 많지 않은 조용한 동네이기도 하지만, 당시 계절이 또 늦겨울이라 이런 곳에 사람이 서 있는 게 의아해서 가던 길을 멈추고 잠시 지켜보던 나였다. 평소 같았으면 낯선 사람에게 먼저 말을 걸지 않았을 테지만, 사실 무언가

파도처럼 스친 휴가

심상치 않음을 낌새채고 머쓱하게 다가가 먼저 말을
걸었다. 바닷바람과 파도 소리에 말소리가 제대로 전
해지지 않았다. 내가 더 가까이 다가가 말을 걸자 그
제야 갯바위 위에 혼자 선 사람이 고개를 돌렸고, 놀
랍게도 그 얼굴은 내가 아는 얼굴이었다 서연이었다.
친분이 있거나 대화를 나눈 사이는 아니었지만 지역
문화 재단에서 일했던 나와, 프리랜서 아나운서로 활
동하고 있던 서연은 지역 행사나 공연에서 몇 번 마
주쳤던 사이였다. 당시에 서연은 그 사실을 기억하지
못하였지만, 나는 이런 곳에서 볼 것이라 상상치도 못
한 사람을 만나 유독 반가운 마음이었다.

그렇지만 당시 서연은 하릴없이 울고 있었다, 거친
겨울 바닷바람과 파도 소리를 머금고 울고 있었다. 반
가움은 곧 당황스러움으로 바뀌었다. '무언가 해야겠
다' 생각한 나는 마침 바다 너머로 떨어지는 붉은빛
을 확인하고는 서연에게 곧 돌고래가 지나갈 것이라
말했다. '눈물을 그쳐야 돌고래 떼를 볼 수 있다고, 분
명 지나갈 거라고', 그렇게 말하자 서연의 울음이 조
금씩 그치기 시작했다. 그날 돌고래를 보지는 못하였
다. 돌고래를 보려면 조금 더 남쪽의 바다로 가야 한

단 사실을 알고 있었지만, 서연의 울음이 잦아든 걸로 충분하였다. 우리의 바람 속 돌고래가 슬픔을 낚아채 물고 헤엄쳐갔다.

나는 서연에게 갈 곳이 있는지를 물었고, 서연은 그렇지 않다고 대답하였다. 마침 셰어하우스 방이 하나 남아 있다는 사실을 떠올린 나는 집주인에게 바로 전화를 걸었다. 집주인은 흔쾌히 '청소 마쳐서 쓸 수 있는 방이에요'라 말하였고, 그렇게 서연과 나는 한동안 같이 지내게 될 셰어하우스로 같이 돌아왔다. 돌아오는 길에 카 오디오로 연결된 내 플레이 리스트 속 '전기 뱀장어'의 '가장 멋진 파도'를 들었다. 곁눈질로 본 서연은 처음으로 웃고 있었다. 지금의 조수석에 앉아 있는 서연과 그 당시의 갯바위 위에 서 있던 서연은 전혀 다른 사람이었다. 해가 운전석 방향에서 뜨고 있었음에도, 서연이 타고 있는 조수석 쪽이 더 밝았다. 서연은 신난 듯 노래를 흥얼거렸다.

"까만 하늘의 별이 모두 꺼질 때까지 입을 꾹 다물며 울고 있던 너에게"

"가사도 외웠네요.?"

"매일 듣는다니까요. 조금 시끄러워도 어쩔 수 없어

요, 차는 달리는 노래방이잖아요.”

서연은 그 새벽에도 노래를 흥얼거리며, 한낮같이 웃었다. 두 서연이 간극이 느껴져 나도 모르게 입꼬리가 올라갔다.

차는 막히지 않아 우리는 내비게이션의 예상 시간에 맞춰 송악산에 도착하였다. 주변이 환해 해가 뜬 것 같아 서연이 불안해했지만, 종종 일출을 보러 다닌 나는 환해진 다음에 해가 뜬다는 사실을 알고 있었다. 안절부절 조급해하는 서연을 한 발짝 뒤에 떨어져 따라갔다.

“안 돼 지금이라도 가야 해요, 가야 해”라고 하며 서연은 떨어져 걷는 나를 끌고 송악산 둘레길로 걸어갔다. 이른 시간에도 말들이 나와 있었고, 서연은 급한 와중에도 그것들을 신기해하고는 사진을 찍었다. 나는 ‘필름 카메라를 들고 올걸’ 생각했다, 뷰파인더 속 서연이 궁금했다. 송악산 주차장에서 20분 남짓 걸었을 때 서연의 걸음이 천천히 느려졌고 입가엔 뿌듯한 미소를 담고 있었다. 우린 제시간에 일출을 볼 수 있었다. 어디서부터 넘쳐왔을지 모를 파도가 끝없이 육

지를 향해 밀려왔다, 그 파도 사이로 붉은 해가 올라왔다. 수평선을 선명한 해가 붉게 태우고 있었다. 한참을 말없이 일출과 파도를 보던 중 서연이 내 외투를 살짝 잡아끌었다.

"태영 씨도 다 정리하고 제주에 온 거잖아요, 그만하고 싶어서."

서연은 알고 있었다, 나는 그 이야기를 꺼낸 적이 없어 어떻게 알아챘는지 의아했다.

"보면 알 수 있어요, 눈이 텅 비었었잖아. 점점 채워지는 것도 보였어요."

서연이 이어 말했다.

"고마웠어요, 이제 돌아간다니까 아쉽다. 무사히 돌아가는 것 같아서 기쁘기도 하고요."

"서연 씨도 언젠간 돌아가기를 바랄게요, 굳이 서울이 아니어도 서연 씨의 자리로요."

찬 바닷바람이 좁은 우리 사이를 비집고 들어와 진동했다.

"아 아쉽다, 입으로라도 이렇게 내뱉어야겠다."

"나도 아쉽다 제주도, 서연 씨도."

그 말을 들은 서연이 잠시 나를 빤히 쳐다보더니 말했다.

“딱 한 번이면 괜찮으니까, 미친 척하고 나 좋아한다고 말해볼래요?”

“갑자기요?”

“그냥 한 번만”

나는 서연의 눈을 마주 보았다. 금방이라도 건들면 울 것 같은 눈을 마주 보았다. 항상 울 것 같은 눈, 눈이 커서 흐르는 눈물도 남들보다 많은 건가 싶은 그 눈을 마주 보았다.

“좋아해요, 서연 씨. 좋아합니다.”

우리는 잠시 침묵했다. 바닷바람이 강하게 불어 내 말이 전달되지 않은 것 같았다. 바닷바람이 중간에 가로채어 내 마음이 제대로 닿지 않은 것 같은 기분이었다.

“기대하고 있어요?” 서연이 침묵을 깼다.

“어떤 거를요.”

“그냥 아무거나, 보통 이런 순간에 기대할 만한 것들이요.”

우리는 바닷바람이 비집고 들어올 틈도 없이 가깝게 붙었다.

“잘 들렸어요, 내 말?.”

“네 분명히 닿았어요.”

이 말을 마침과 함께 서연이 내게 입을 맞췄다. 새벽 바닷바람에 얼굴이 차야 하는데 서연의 눈물이 내 볼에 떨어져 따뜻한 온기가 느껴졌다, 따뜻한 온기에 들숨 날숨이 번갈아 닿아 간지러웠다. 나는 서연의 작은 손을 잡았다. 그 작은 손바닥 사이에는 쪽지 하나가 나에게 건네졌다. 우리는 다시 주차장을 향해 걸었다. 둘레길을 나와 주차장에 도착하니 해가 완전히 떠 있었다. 차 시동을 켜고 서연을 위해 문을 열어주려던 차, 서연은 가까이 오지 않고 가만히 서서 날 보고 있었다.

"커피 못 마실 것 같아요, 우리 여기서 헤어져요. 나는 여기까지 온 김에 한 바퀴 더 돌고, 근처도 보고, 버스 타고 오후에 들어갈게요. 태영 씨 서울 조심히 돌아가요."
 나는 고개를 끄덕였다.
"그래요, 재밌게 놀다 와요. 그동안 고마웠어요, 잘 지내요."
 "안녕,"
 "안녕."
 우리는 등을 돌렸다. 차에 오른 후 잠시 숨을 고르고

파도처럼 스친 휴가

목적지를 검색했다. 그러던 차 아까 서연에게 건네받은 쪽지가 생각났다. 주머니에 꽂아 넣었던 쪽지엔 이렇게 적혀 있었다.

'아무래도 내 생각엔 이게 가장 멋진 파도인 것 같아요'

 내 안에서 용솟음치는 무언가를 머금어야 했다, 더 늦기 전에 서울로 돌아갈 준비를 해야 했다. 나는 그 쪽지에 가장 부합하는 음악을 검색하여 틀었고, 이어 악셀을 밟아 일주 서로를 달렸다.

'까만 하늘의 별이 모두 꺼질 때까지.
입을 꾹 다물며 울고 있던 너에게,
다시 못 온다 해도 절대 잊을 수 없는,
가장 멋진 파도를 보여주고 싶었어.'

전기뱀장어_ '가장 멋진 파도'

-끝-

해변에서 너와

발등을 간지럽힌 일렁임
포물선 그리며 달려들더니
두 발을 모래에 심었다

나는 나무이기도
반가움이기도 했고
조개껍데기이기도
감탄사이기도 했다

바람이 휘두르는 출렁임
파랑을 거머쥐더니
장난스레 찰싹 때린다

밀려오던 생각은

하얗게 쓸려나갔고

그 자리엔

반짝임이 남았다

발등을 간지럽힌 거품이

소박한 웃음이 되고 나니

두 발은 걸음을 옮긴다

파도의 춤

수줍은 태양을
타오르게 만든
노을의 번짐

하늘인지 바다인지
알 수 없는 경계 위
모호한 이끌림

오늘 나눈
대화 몇 줄
눈빛 한 줌

추억의 재료를
촘촘히 녹이는

윤슬의 묘기

아득한 어느 날
보고 싶어질 테니
느긋이 음미

파도 소리

저에게는 가만히 듣고만 있어도 마음을 위로해 주는 소리가 있습니다.

마음의 위로가 필요할 때면, 해가 저문 후 바닷가에 돗자리를 들고 갑니다.

모래사장 위에 돗자리를 펴고 누운 후 눈을 감고 온몸에 힘을 빼며 파도 소리에 몸을 맡겨 봅니다.

어떨 때는 "철썩, 철썩" 소리도 나고, 또 어떨 때는 "좌아아아", 그리고 어떨 때는 고요히 바람 소리만 들려올 때도 있습니다.

이 파도 소리들은 분명 시원한 소리이지만, 나의 귀를 통해 들어와 마음속 깊은 곳을 따뜻하게 위로해 줍니다.

파도 소리를 듣고 있는 순간만큼은 속에 있던 수많은 걱정과 고민들이 파도 소리에 묻혀 싹 사라집니다.

현실에서 벗어나 잠시라도 나의 마음이 쉴 수 있게 해주는 무언가 있다는 것은 정말 큰 위로와 행복이 아닐까요?

그런 사랑

너로
우리로
가득했던
어느 순간, 비어버린.

천천히 너로 물들어간 모든 일상에
이제 너는 없고
나만 있는.

우리가 쌓아 올린 건
모래성처럼 순식간에 무너지고,
달처럼 끊임없이 변하며
견고하지도, 영원하지도 않아
감히 사랑이라 부르지 못할 것이었을까?
요동치는 마음을 부여잡고

탁하고 답답한 숨을 내쉬며
살아보려 발버둥 쳐봐도
결국 또다시 일렁이는 건
끝내 말하지 못한 나의 진심,
영원히 들을 수 없는 너의 마음.

순식간에 와서
흔적도 없이 지나간
파도 같은 사람.
그런 사랑.

파도처럼 스친 휴가

1. 김예빈

말 많은 파도

파도는

시간을 접었다 펴는 손수건,

기억을 주워 담는 바다의 주름살,

바람이 남긴 인사말.

파도는

울음을 닮은 웃음,

춤을 추는 멍든 마음,

그리움이 달리는 발소리.

파도는

떠난 사람의 뒷모습,

다시 올 거라는 착각,

가까워질수록 멀어지는 온기.

파도는
귓가에 대고 속삭이는 이야기,
말하지 않아도 아는 대화,
비밀처럼 스미는 안녕.

파도는
부서질 줄 알면서도 달려드는 용기,
늘 같은 자리로 돌아오는 후회,
세상의 끝에서 시작하는 숨.

파도는
달이 이끄는 마음,
흔들려도 무너지지 않는 약속,
어둠 속에서도 반짝이는 리듬.

파도는
지워도 남는 낙서,
지친 하루를 데려가는 손길,
잠들지 않는 감정.

파도처럼 스친 휴가

파도는
내가 삼킨 말들,
넘치지 않으려 애쓴 손길,
가만히 흔들리는 나.

무너질 용기

바닷가에 섰다
나 스스로 여기 왔는지
누군가 세워 둔 것인지
기억나지 않는다
모래성 같은 나

네 앞에 섰다
언제라도
나를 향해 달려오면
내 모든 것을 바쳐 너를
맞이할 것이다

무너질 용기만 있으면
세상을 다 가진 것이다
너를 다 가진 것이다
파도 같은 너를.

당신은 파도였을까요

불현듯 밀려왔습니다

내 마음으로 당신이라는 사람

불현듯 쓸려 갔습니다

당신은 알 리 없는 나의 마음

밀려오는 파도에 당신을 머금고

쓸려가는 파도에 마음을 보냅니다

당신은 파도인가요

나 또한 파도였을까요

햐얀 포말이 되어 사라지는 우리

나는 그저 당신과 함께 머물러

온전한 바다가 되길 바랐을 뿐입니다.

숨통

바다에 가면 이상하게도 아무 말 없이 오래 머물 수 있다.

소리 없이 다가오는 파도는 나를 억누르지도 붙잡지도 않는다.

그저 밀려왔다가 다시 물러가기를 반복할 뿐 그 단순한 흐름이 오히려 내 머릿속에 가득했던 복잡한 생각들을 조금씩 쓸어간다.

내가 숨이 막히는 건 바다가 아니라 도시였다.

쉴 틈 없이 울리는 알람과 지하철 소음 그리고 해야 할 일들의 줄 세우기 이 모든 것이 나의 숨통을 조이고 있었다.

그래서 나는 도망치듯 바다로 왔다.

파도는 오늘도 일정한 간격으로 밀려온다. 때론 잔잔하고 때론 거칠다. 하지만 언제나 스스로를 다시 되돌리는 법을 알고 있다. 아무리 격렬하게 부딪혀도 결국 제자리로 돌아오는 모습이 마치 나에게 말 거는 것 같다.

너무 억지로 버티지 않아도 괜찮아

다시 돌아가면 돼

그제야 나는 숨을 쉰다. 깊고 천천히, 가슴 깊숙이 들어오는 공기.

파도 소리는 나의 호흡이 되고 출렁이는 수면은 나의 맥박이 된다.

지금 이 순간 바다는 내 숨통이 되어주고 있다.

언젠가 다시 숨이 막힐 일이 생기더라도 이 감각을 기억하고 싶다.

파도가 내게 보여준 리듬을

흔들리되 부서지지 않는 삶의 모양을

추억 자리

버티는 마음으로 살아가기 힘들 때
일 년에 한 번이라도 함께라면 좋겠구나.
찰랑찰랑 치는 파도에 물밀듯이
추억이라는 녀석이 마음속을 파고들어서
그리움이라는 녀석을 만들어내니 말이야.

해 질 녘이 될 즈음 바닷가에 나가면
노을빛이 붉게 빛나니 어여쁘고
새소리를 내며 밀려드는 파도를 소리 삼아
당신이랑 함께 걸어도 좋겠구나.
손에는 볼펜 한 자루, 메모지 하나 들고서
바닷가에 앉아 파도 소리 듣는 것도 좋겠구나

일렁이는 파도 앞에 당신과 어깨를
마주하고 있어도 분명 설레고 기뻤을 거야.
추억이라는 녀석은 들어오는 너울마저도
잔잔한 파도의 소리로 바꿔주는
한 줄기 빛으로 만들어내는 녀석이거든.

파도

파도 같은 내 마음

내 마음은 파도 같아.

거세기도 하다가, 잔잔해지기도 하지

상처 주는 말에 성난 파도가 되었다가

응원이나 칭찬해 주는 말에 잔잔한 파도가 되고

이렇게 변화무쌍한 파도가 되어 흘러가

감정의 파도에 빠져 허우적허우적 되기도 하지

내 마음의 파도를 다스리기 위해 책을 읽고 글도 써

이제 다른 사람들에게 책 읽고 글 쓰라며 파도가 되
어 전파하고 있지.

독서하고 글 쓰며 잔잔한 파도 같은 일상 유지 중이지

머릿속이 복잡하거나 마음이 심란하면 글을 써 보는
게 어때?

파도 앞에 서면

우리 가족은 아이들이 방학이 되면 특별한 여름휴가를 떠난다. 목적지는 늘 같다.

"강원도, 동해안."

따뜻하고 정이 넘치는 남쪽 지방에 사는 우리가 강원도로 향하는 건 남들이 보기엔 결코 가벼운 여정이 아니다. 편도 네다섯 시간, 때로는 여섯 시간이 넘는 먼 길. 그 길을 매년 망설임 없이 달려가는 이유는 단 하나, 동해의 파도 때문이다.

우리는 경상도의 도시들을 거쳐 바닷길을 따라 북상한다. 울진, 부산, 경주, 포항을 지나며 아이들을 위한 체험장이나 작은 박물관에 들르기도 하고, 그 지역의 오일장에 들러 우리와 다른 지역의 삶을 엿보기도 한다.

하지만 그 모든 여정을 지나 도착한 곳, 우리가 정말 만나고 싶은 건, 바로 그 거대한 동해안의 파도다.

우리가 사는 지역의 바다는 늘 조용하다. 바람조차 머뭇거리는 듯한 잔잔한 물결, 멀리 흩어진 작은 섬들, 고요하게 누운 수면 위로 부드럽게 스치는 햇살. 눈으로는 평화롭지만, 마음 깊은 곳까지 울리는 감동은 없다. 그곳의 바다는 언제든 마음만 먹으면 갈 수 있는, 너무 익숙한 안락함이었다.

그러나 동해는 처음부터 달랐다.
처음으로 동해 바다를 마주한 그날, 나는 말없이 그 자리에 얼어붙은 듯 서 있었다.
긴 이동 끝에 늦은 밤 숙소에 도착해 잠이 들었고, 다음 날, 해가 중천에 떠오른 시각에야 바다로 향했다.

그 순간—
눈앞에 펼쳐진 풍경은 그 어떤 말로도 설명할 수 없었다. 끝없이 펼쳐진 수평선과 그 위로 사납게 치솟아 오르던 파도. 맑고 푸른 하늘 아래, 하얗게 부서지며 밀

파도처럼 스친 휴가

려오는 물결은 나의 가슴을 단숨에 휘감고 흔들어 놓았다. 숨이 멎을 만큼 아름답고, 두려울 만큼 웅장했다.

남쪽의 부드러운 바람에 익숙했던 나는, 그날 처음으로 바다가 사람을 울릴 수 있다는 걸 알게 되었다.

동해의 파도는 시작부터 끝까지 거세다. 멈추지 않고 밀려오며, 부서지고 또 일어난다.

아이들은 그 파도 속을 뛰놀고, 나는 그 너머에서 들려오는 바다의 숨소리에 귀를 기울인다.

그 소리는 거칠지만 따뜻하다. 마치 도시의 분주함 속에서도 묵묵히 제자리를 지키는 오래된 나무처럼, 잠시 멈춰 숨을 고르라고, 다시 살아가 보라고 말해주는 것 같다.

여름의 파도는 강렬하다. 하지만 그 안엔 부드러운 포옹 같은 따스함이 있다. 강하게 밀어붙이지만, 결국은 감싸안아 주는 너그러움. 반면 겨울의 파도는 냉정하다. 차가운 공기와 회색빛 하늘 아래 거칠게 부서지는 파도는 웅장하면서도 무섭다.

그런데 이상하게도, 나는 겨울의 파도를 더 좋아한

다. 겨울 바다 앞에 서면 마음속 소란이 잦아든다. 삶이 어떤 방향으로 기울든, 세상이 아무리 시끄럽든, 그 파도는 묵묵히 말한다.

"흔들려도 괜찮아. 멈춰 서도 괜찮아. 다시 나아가면 돼."

파도는 결코 멈추지 않는다. 지치도록 밀려오고, 부서지고, 다시 시작한다. 파도의 그런 몸짓은 두려움이 아니라, 살아 있다는 증거다. 그 앞에 서 있으면, 나는 내 안의 고요한 무언가와 다시 마주하게 된다. 숨겨둔 감정과 생각들을 파도에 실어 보내고, 새롭게 시작할 수 있을 것 같은 용기를 얻는다.

내 아이들도 언젠가 자기만의 파도를 만나게 될 것이다. 삶의 거센 흐름 앞에서 흔들리고, 넘어지고, 상처받을지도 모른다. 하지만 나는 믿는다. 그들도 자신만의 방식으로 일어설 것이다. 내가 그랬던 것처럼. 그 여정에서 동해의 파도처럼, 그들을 붙잡아줄 무언가를 만나기를 바란다. 그리고 그 위로와 배움을 통해 자기만의 삶을 단단하게 살아갈 수 있는 어른으로 성장하길 바란다.

파도처럼 스친 휴가

우리 가족이 매해 동해를 찾는 이유는, 단순히 파도를 보기 위해서 일시 모른다. 하지만 나는 안다. 그건 어쩌면 흔들린 나를 다시 세우기 위해서라는 것을.

나는 세찬 파도 앞에 서서 나를 들여다본다. 흔들렸던 날들, 버텼던 시간들, 그리고 여전히 걸어가야 할 나의 삶. 내일도 또 하나의 거센 하루가 밀려오겠지만, 그 또한 하나의 파도일 뿐.

우리를 삼키기 위해 오는 것이 아니라, 더 넓은 삶으로 이끌기 위해 밀려오는 파도임을 나는 바다에게서 배웠다.

파도는 말이 없다.

그러나 파도 앞에 서면, 수많은 말들이 마음속에서 일어난다.

그것은 다짐이고, 회복이고, 고백이다.

그러니 오늘도 나는 파도 앞에 선다.

흔들림 속에서도 나를 잃지 않기 위해.

그리고 다시, 살아가야겠다고 조용히 다짐하기 위해.

파도치는 인생

인생이란 바다에서 노 저어 갈 때

누구나 크고 작은 파도를 만나기도 하지...

누군가는 인생을 고통의 바다라고

하는 걸 보면

지나온 파도보다

지나야 할 파도가 더 많이 남아서겠지...

어떤 아픔이

더 무겁고 가볍다고

할 수 없는 것이

아픔도 그때마다

가장 무겁고 쓰리니까 그런 것 같아...

몇 번의 파도가 휩쓸고 지나간 뒤에야

더욱 선명하게 보일 때가 있는 것처럼

지나가는 시간을 붙잡을 수 없고

아픔도 금세 잊히지 않는 거잖아...

결국 사람으로 우린,

다시 웃고 울기도 하며 회복되는 거지...

그런 걸 보면

기다림이라는 긴 터널 같은 시간이

누구에게나 필요할 것 같기도 하고

고민의 결은 누구나 비슷할 것만 같아...

진심을 감추는 습관 대신

솔직한 마음을 드러내면서 살아가 보는 거야.

표현하지 않고 쌓아두는 것들은

묻어둔다고 없어지는 것이 아니거든.

2. 김미영

파도

거기서 가만히 있지.
마음에 일렁이듯 자꾸 다가와
내 눈빛은 너에게만
멈추어 있고,

거기에 가만히 있지.
가지도 뜨지도 못하는 배에
내 마음이 너에게로
갈 수도 없다.

잔잔히 밀려오는 바람이어도
흔들리고 젖으면
또다시 오고

뿔난 듯 치고 가는 물결마다
흔적 없이 잠기면
또다시 띄워

자리 없는 종이배만 떠 가주기를
목이 메어 애타게 바라만 본다.

거기서 그냥 기다려주지.
바람 타고 갈 수 있는 돛을 올리고
내 마음이 너를 향해
길 잃지 않게.

거기에 그냥 그대로 있지.
파도 타고 어두워도 등 하나 보며
내 마음이 너에게로
따라만 가게.

파도

파도가 일렁이는 -에게

내가 살던 바다에, 내가 혼자 휩싸인 파도들 가운데에서 너를 끌어들인 거야.

내가 네 손을 당겨 바다에 빠트렸는데, 네가 혹여나 숨을 못 쉬기라도 할까 내 호흡을 나눠 주려고 해. 내 숨 따위는 안중에도 없어.

아가미가 있었으면 좋겠다.
지느러미도.
그럼 너랑 깊은 바닷속을 자유로이 유영할 수 있을 텐데.

원아.
영원아.

그 바다가 사실 너라면, 그래서 내가 붙잡아 같이 바
다에 빠진 게 나를 향한 네 마음이면.
나는 네 안에서 평생 살 수 있지 않을까.

깊은 물 속에 침잠하여 수면 위로 떠오르지 않아도
좋으니.
그저 오래 네 안에 머물고 싶어.

이건 너를 향한
내 사랑의 일부야.

길에서 마주한 파도

웅덩이에 빠졌더니 파도가 일렁였다

길을 거닐다 우연히 보인 웅덩이.
발을 담그면 그대로 쑥 하염없이 들어갈 수 있을 것
만 같아서 멀뚱히 서서 웅덩이를 바라봤다.
수면 위로 비친 내 그림자.

그 속에 비친 내가 나를 부르는 것만 같아 표면 위로
손을 뻗었다. 하릴없이 빨려 들어가는 손, 그리고 내
몸까지.

풍-덩

깊은 수면 아래로 빠져 내가 있는 곳이 연못인지, 바다인지 모를 곳에 빠져버렸다. 수심이 깊은 이곳은 혹내 걱정일까, 희망일까. 수면 위로 올라가기 위해 헤엄쳐 올라가 공기가 닿은 곳에서 숨을 깊게 들이마시니 보이는 파도들.

일렁이는 파도에 넘실거리며 유영했다. 길을 거닐다 보였던 웅덩이는 어디로 가고 나는 바다에 실려 유영하고 있을까. 내가 물고기가 된 걸까.

이렇게 파도를 따라 헤엄쳐 나아가면 네게 닿을 수 있을까.

첨-벙
첨―벙

네게 닿을 수 있는 곳으로 파도를 따라 팔을 휘저어 본다.

1. 이기선

다시, 부드럽게

짙은 어둠 위에 노란 이불이 펼쳐지듯
내 어두운 머릿속에는 새파란 파도가 일렁였다

한때는 모든 것을 삼킬 듯 날뛰며 바위에 생채기를
남기더니
한때는 속마음을 알아주길 바라며 푸른색 팔로 모래
알을 끌어안고
한때는 화해하자며 소담한 조약돌을 슬그머니 가져
다 놓는다

변덕스러운 그 모습은 일평생 내 머릿속을 간지럽히고
내 머릿속에 펼쳐진 노란 이불을 개어 가져가다가
아직은 내게 노란 이불을 덮고 편하게 지내라고도 한다

그렇게 소담한 조약돌은 내 근심을 거두었고
그렇게 사라진 모래알은 내 근심을 달랬으며
그렇게 새겨진 생채기는 내 용기를 북돋웠다

내 어두운 머릿속에서 일렁인 새파란 파도는
짙은 어둠 위에 펼쳐진 노란 이불에 숨을 덧대었다

그날의 우리는 파도처럼

햇살이 금가루처럼 흩날리는 어느 여름날
햇빛이 파도의 옆구리를 간질이는 모습을 보며
우연히도 너와의 추억이 내 모습을 간질였다.

그렇게 전화번호부에서 너의 번호를 찾아 전화를 걸
었고
그렇게 네가 받아준 전화 너머 나는 너에게 안부를
전했다

햇살이 금가루처럼 흩날렸던 어느 여름날
모래밭 위에 앉아 파도가 적셔준 모래로 성을 쌓고
모래밭 위에 앉아 파도가 무심코 떠민 조개를 줍고
햇살이 저물어 계절이 몇 번이나 숨을 골랐지만
내가 너와 함께 만든 추억은 여전히 남아있나 보다

세월에 변함없이 흩날리는 햇살처럼
세월에 변함없이 찾아오는 파도처럼
우리의 추억도 여전히 잊히지 않았다

파도

다시, 맺음

새파란 바닷가가 훤히 보이는 둑에 무릎을 포개고 앉아
새파란 파도가 분노처럼 바닷가를 때리는 모습을 보
았다

무엇이 파도를 맥동하게 만들었을까
무엇이 파도를 그토록 성나게 했을까
무엇이 격랑의 분노를 거두어 순한 들꽃으로 피게 할까

새파란 바닷가가 훤히 보이는 둑에 무릎을 포개고 앉아
새파란 파도 위에 붉은 해가 뉘엿뉘엿 넘어가는 모습
을 보았다

바닷가를 삼킬 듯 한참이나 포효하던 파도는
시치미를 떼며 바닷가에 순한 들꽃다발을 내밀었다

새파란 바닷가와 파도처럼 티격태격하다가도 다시
사이좋게 지내는
그런 관계는 우리네 인생의 어디쯤에서 살아가고 있
을까

죽음

뭐가 그토록 찬란했는지

그 단어조차도 왜 그리 아름답게 바라보았는지.

마지막까지도 눈물을 보여주기 싫었기에

나는 나를 향해 다가오는 파도에서 고개를 돌렸다.

언제까지나 도망칠 수는 없다는 것은 잘 안다.

어느샌가 내 몸집보다 커진 파도는 나를 집어삼켜

바닷가에는 윤슬과 흘러내리는 모래의 반짝임만이

남는다.

조울증

난 감정 기복이 없는 사람이라고 생각했는데
나에게 느껴지는 낯선 기분이 신기하기만 해.

어떨 때는 잔잔하다가
가끔 한 번씩, 파도가 요동쳐 올라와.

빛이 침묵하는 그 순간,
뭐든 될 수 있을 것만 같은 그 느낌 속에서
혼자 길을 잃은 느낌이야.

그러다가 또,
작은 구멍 하나가 보여서,
숨을 쉴 수 있겠구나 하면
금방 착각임을 깨닫지.

이번엔 조금 큰 파도를 만난 것 아닐까

그렇지만, 다시 잔잔한 날이 찾아오면

언제 그랬냐는 듯 바다 저 깊은 곳까지 고요해지겠지.

괜히 힘주지 말자.

기분보다는 현실에 집중하자.

파도

다정한

너의 따뜻한 말에 물결 일어

나는 너에게 밀려가고

밀려온 따뜻한 말이 하얀 거품처럼 퍼져

또 그렇게 너에게 밀려가고

환한

너의 미소에 가슴 벅차게 나는 밀리고

밀려온 파도는 더 반짝이며

나를 또 너에게 밀려 안기고

너와 함께 바라본

모든 시간에 추억은 아름다움이라

밀고 밀려오는 파도는

온통 너이고

파도는 그렇게
너를 가득 안고
나에게 밀려온다

온통 너이고

파도

시간은 잊으라 밀고
기억은 더 선명하게 밀려오는
파도

함께 하겠냐는 물음에
함께 하겠다던 눈빛

그날의 너와 나는
바다 위의 거친 파도처럼
위태롭게 휘몰아치며
추억을 놓지 못해 결국 눈물 되고

아주 잠깐이라도 보고 싶은 너는
파도 되어 찾아오는 그리움

잊히지 않고
기다리면 이렇게 그리워하면
잊지 않으면
잔잔한 파도 되어 내게 오려나

늦어도 괜찮으니
여전히 우리는 사랑이라 말하며
그 마음 시들지 않고
온전히 내게 밀려오기를

다시 만날 때까지
하염없이 기다립니다

파도처럼 스친 휴가

서퍼를 꿈꾼 돛단배 위 음유시인

저 멀리, 한끝 오차도 없이 완벽한 수평선이 보인다. 그때까지 바다는 그저 푸르른 선이고, 면이다. 발끝이라도 스쳐봤거나, 적당한 거리에서 몸 담그고 놀아본 자들은 바다가 그저 멈춰 있는 풍경화가 아닌 살아 숨 쉬는 파도임을 안다. 더 놀 줄 아는 이들은 유람선, 요트를 타거나, 서핑하거나, 잠수 해저 탐험을 한다. 그 속에서 춤을 추거나, 책상에 앉아 연구하거나 식용 생물들을 채취해 장사 하거나. 바다 곁엔 다양한 삶의 양상들이 존재한다.

대학교 졸업 직후 25살, 인생 암흑기 시절 서핑업체에서 마케팅 부서 직원으로 근무했던 적이 있다. 가세가 급격히 기울었거나 위독한 중증 병에 걸린 것도 아니었는데 상황 자체가 안 좋았기보다 나의 태도와 마음가짐이 어딘가 이상했다. 기대보다 낮은 직장에 들어갔고 원하던 사람과의 연애도 실패해 마음의 병이 크게 걸려 넋이 완전히 나가 있는 상태였다. 아마도 실연의 충격이 컸던 것 같다.

입사한 지 두 달이 채 되지 않아 직장을 그만두고 이후 총 세 군데의 광고 회사를 더 다녔다. 죄다 개월 단위로 다녔고 그마저 적응을 잘하지 못했는데 핵심적인 원인은 '컴퓨터활용능력 부족' 이었다. 2급도 네 번 만에 붙은 나에게는 단축키를 써가며 수백 가지 메일들을 폴더링 하고, 광고주들을 분류하고, 엑셀을 정리하는 일조차 버거웠다. 관심도 없는 일을 야근까지 해야 한다니 눈앞이 까마득했다. 누구나 하는 일이 나에겐 왜 이렇게 버거울까. 잠시 세상에서 가장 쓸모없고 멍청한 사람이 되어 있기도 했다.

그간 쌓아놓은 스펙이 나쁘지 않은 편이었기에 억울한 마음도 있었다. 뭐 때문에 이러는지 도저히 모르겠다. 미치겠다. 세상살이는 마냥 성실하고 정직하다고 풀리는 것 같지 않다. 오히려 적당한 꼼수와 요령, 눈치, 운 그리고 시대의 흐름을 읽는 능력이 필요했는데 그러기에 나는 속이 너무 투명하고 순수하고 정직하고 촌스럽고 뭐가 다 보이는 사람이었다. 읽히기가 쉬운 사람이라는 점이 양날의 검과 같이 작용해 바보같이 당하며 살았던 것 같기도 하고.

타고난 게으름과 무기력, 우울감을 어설프게 극복하고, 계속해서 면접을 보러 다녔다. 마음에도 없는 꿈 이야기를 해댔다. 회사 차원에서 듣기 좋은 말들을 해댔다. 이 정도의 포장질과 가식은 누구나 부리며 살지 않나. 말은 참 쉽다. 세상에서 말이 가장 쉬운 것 같다고 생각한 적도 몇 번 있다. 사교성은 다소 떨어져도 그와는 별개로 학창 시절 때부터 발표를 잘하고 목소리가 예뻐서 주변을 여럿 놀라게 했었다. 이를 활용해 사람들로부터 신뢰와 호감을 샀고 회사에서도 면접까지는 항상 잘 봤다.

입사하고 본격적으로 일을 시작하자마자 '애가 생각보다 너무 조용한데' 싶은 인상을 모든 회사에 공통으로 안겼다. 광고 일도 안 맞았다. 광고, 마케팅 회사 생활을 하기에는 타고난 텐션이 지나칠 정도로 낮고 차분했다. 진정한 꿈, 광고에 대한 진심 어린 관심보다는 직장인, 회사원 타이틀, 안정감, 소속감, 월급에 매력을 느끼고 그에 기댔던 것이 사실이다. 말은 이내 아무 소용이 없어진다. 금세 회사 내 비호감으로 찍힌다. 말과 그에 따른 행동이 수반되면 말을 잘하는 사람, 그렇지 못하면 아가리 잘 터는 사기꾼이 되는 것이다.

 하루는 광고 회사 12년 차 부장님으로부터 '광고 홍보 학부를 졸업했기 때문에 광고 일을 해야 한다고 생각하시는 거냐, 은서 씨는 현실감각이 떨어지고 자기 객관화가 안 되는 사람인 것 같다. 광고와 정말 안 어울리는 사람이다. 아무 생각도 관심사도 없고 본인이 누군지도 모르고 꿈도 없는 사람 같다' 라는 이야기를 대놓고 들은 적이 있다. 회사에서까지 진로 상담을 받고 있으면 안 되는 노릇인데, 학생 때 끝내야 할 일을 돈 받고 일하는 회사에서까지 듣고 있다니 너무너무 너무너무 한심한 상황이었다. 현실을 좇아 들어온 회사에 현실감각이 없다는 소리를 듣다니. 기가 찼다. 이건 분명 뭔가 잘못되어가고 있었다. 두려움에 휩싸인다.

 인생을 서핑에 비유한 표현들이 참 많다. 휘몰아치는 파도의 흐름에 유연하게 적응하여 균형감을 잡으며 그 순간을 즐겨야 한다고. 이를 잘 이해하고 적응하면 마치 영화 모아나 속 주인공처럼 더할 나위 없

파도처럼 스친 휴가

는 즐거움과 황홀감을 누리며 오감으로 바다를 느낄 수도 있지만, 나에겐 그저 잠깐 시청하고 금세 잊을 그야말로 영화 같은 일에 불과했다. 파도에 잘못 맞아 영영 휩쓸려 되돌아가지 못할까 두려웠다. 인생의 주도권을 함부로 바다에 내어줄 수는 없었다. 더불어, 불행히도 나는 운동신경이 전혀 없었다. 실제 내 몸뚱이에도, 인생을 살아가는 태도에도.

학창 시절 때부터 체육을 참 싫어했는데. 그래서일까. 몸이 마르고 운동하기를 좋아하고 반응 속도가 빠른 사람들과는 유독 갈등이 많았다. 아마 서로 절대 이해하지 못하기 때문이겠지. 그래 이게 다 굼뜨게 태어난 내 잘못이다. 성인이 된 이후부터는 무조건 굶는 다이어트를 통해 마른 몸을 가지게 되었다. 직장인이 되고 나서는 군것질, 배달 음식 등으로 스트레스를 풀었고 그 결과, 약 15kg 정도 증량하면서 요요는 물론 고혈압, 70대 노인 수준의 근력을 가진 비루한 몸뚱이가 되어있었다. 그제야 심각성을 느낀다. 너는 도대체 누구니.

휘몰아치는 파도에 정신을 완전히 놓고, 어울리지도 않는 서프보드를 십자가 지듯 지어 매고 결국 바다

바깥으로 쫓겨나 까칠하고 뜨거운 모래밭 위를 거니
는 와중 발을 데신다. 그것도 뒤룩뒤룩 무거워진 몸과
함께. 이대로는 안 된다. 몸과 마음의 건강을 회복하
는 게 우선이었다. 이 해안가에서 얼른 탈출하자. 벗
어나자. 군 생활 같았던 서울살이 2년을 초라하게 마
무리하고 본가인 부산으로 돌아갔다. 벌써 나이가 스
물일곱이 되어 있었다. 내가 생각했던 스물일곱의 모
습은 이런 모습이 아니었는데. 경력 없고 능력 없고
돈 날리고 시간 날리고 살만 뒤룩뒤룩 찐 여자 하나
가 서 있었다.

 본가에 와서는 영양이 고루 잡힌 집밥을 잘 챙겨 먹
고, 군것질이나 배달 음식도 많이 끊고, 운동도 평소
보다 많이 했다. 삼시 세끼 꼬박꼬박 먹었는데도 한두
달 사이에 4kg이 빠졌다. 몸이 회복되기 시작하니 생
각의 흐름도 긍정적으로 바뀌었다. 익숙한 풍경, 익숙
한 가족, 친구, 교회 사람들과 다시 웃고, 떠들고. 때로
는 화내고 소리 지르고. 온갖 대화다운 대화부터 지랄
까지 다 그간의 상처들을 게워 냈더니 그나마 건강한
사람이 된 듯한 기분이었다. 그런데도 여전히 새로운
시도를 하기에는 두려웠다. 아무것도 가진 거 없고 이

른 거 없는 뒤처진 루저라 생각하니 그 무엇도 하고 싶지가 않았다. 그러다 문득 바다가 보고 싶다는 생각이 들었다.

버스 타고 1시간이면 해안가에 갈 수 있는 부산 시민의 특권을 누려 보기로 한다. 바다는 보고 또 봐도 언제나 그 자리에서 푸르른 인사를 한다. 그래 우리 살던 지구에는 저렇게 푸르른 바다가 있었지. 지구 면적의 약 70%를 차지함에도 바다가 항상 그 자리에서 나를 안아주고 받쳐주고 있었다는 생각을 미처 하지 못했다. 지구가 푸른 별임을 잊고 살았다.

종이 속 그림들은 그 안에 갇혀 산다. 종이 바깥의 존재가 그림을 완전하게 볼 수 있다. 지구 속 인간들은 그 안에 갇혀 산다. 지구 바깥의 존재가 지구를 완전하게 볼 수 있다. 나는 내 안에 갇혀 산다. 내 바깥의 존재가 나를 완전하게 볼 수 있다. 그 속에 몸담고 살아가는 존재는 정작 그 전체를 볼 수 없다. 부장님께서는 내가 몰랐던 나의 전체를 정확하게 봐주셨다. 그 나이쯤 되면 타인의 인생 전체가 보인다고 하던데, 그 말이 진짜인가 보다. 바다에 발 끝자락만 담그고 무작정 바다를 사랑했던 나는 자신이 돛단배 위 음유시인인지도 모르고 서퍼를 꿈꿨다.

그런데 사실 그 전체도 껍데기에 불과하다. 바깥의 존재들은 그 속에 있는 일들과 자잘한 사연, 고통 따위 다 알지 못한다. 바다 한가운데나 심연 깊은 곳에서 일어나는 여러 크고 작은 끔찍한 꼴들은 때때로 바다만의 비밀이 되기도 한다. 현실은 늘 환상보다 참혹하다. 종아리 정도 내어주었을 때 온몸을 황홀하게 적셔줄 것만 같던 환상 속 파랑은 실제 온몸 던져 심연 깊이 빠져들면 호흡조차 불가하다.

휘몰아치는 파도를 마주하면 그제야 배를 다급하게 몰아붙이고, 그마저도 실패하면 차가운 운명에 순응한 채 몸을 웅크린다. 바다는 환상의 대상이자, 공포의 대상이다. 자의로든, 타의로든 최소한의 장비 없이 맨몸으로 뛰어드는 것은 말도 안 되는 일이고, 완벽하게 준비했다고 자부하다가도 영영 헤어 나오지 못하는 비극이 일기도 한다. 헬조선이니, 세상은 요지경이니 하지만 정작 삶의 터전을 벗어나면 호흡조차 불가한 것이 인간이다.

가진 거라곤 돛단배 하나뿐인 내가 바다 위로 오를 수 있을까.

그럼에도 '바다로 뛰어들고 싶게 만드는 파도'와 같은 음성들이 있다. 학생 때까지만 해도 그런 울림을 믿었다. 이는 그간 잊고 살았던 가슴 속 파란을 일으키는 말이다. 농도 짙은 푸른 물감이 온몸으로 퍼지고, 흘러 인어공주가 된 듯한 착각을 불러일으키는 말이다. 아무나, 누구나 할 수 있는 말이 아니다. 그 사람을 농도 짙게 바라본 사람만이 할 수 있는 말이다. 아마 사회에서 잠깐 스치듯 만난 이들은 나를 농도 짙게 바라볼 의지도, 여유도 없어서 그렇게 서로 아프게 했던 거겠지. 그들을 원망하거나 섭섭하게 생각하진 않는다. 나 또한 그들에게 진심이지 않았으니까.

'넌 우리 회사와 어울리지 않아.', '넌 광고 회사와 어울리지 않아' 이러한 말들은 불쾌함과 동시에 해방감을 선사했다. 처음엔 무작정 바다로 떠나라는 무책임한 말이라 생각했는데 다시 생각해 보면 이는 너의 파동과 꼭 알맞은 파도와 바다를 찾아 떠나가라는 신의 애정 어린 쓴소리이지는 않았을까. 뭐든 허를 찌르는 말에는 애정이 동반되어 있다. 아프고 날카롭지만 그만큼 섬세하고 영민한 타인을 향한 신경에서 비롯되는 것이다. 그 사람이 가장 진심이었던 것이다.

지난 2년의 기간 동안 스스로에 대한 신념과 재능에 대한 의심을 수도 없이 많이 해왔다. 내가 아무것도 모르고, 아무것도 할 줄 모르는 사람이라는 생각에, 그리고 그걸 여태 모르고 있었다는 사실에 자괴감이 파도처럼 휩쓸려 와 심연에 잠겨 있었다. 그러한 말들이 객관적인 사실이 아님에도, 사실이라 믿게 되었던 건 그만큼 내가 수많은 사람의 무신경한 표면적인 말들에 지치고 상처받은 상태여서 그랬던 것 같다.

그렇게 자신이 서퍼가 아니라는 직감과 확신을 강력하게 얻은 은서는 자신의 바다를 찾아 나서기로 마음먹는다. 누군가는 비웃고, 누군가는 동경하는 돛단배 위 음유시인이 되더라도 그건 아무 상관이 없다. 중요한 건 은서가 서퍼가 아니라는 사실이다. 은서가 가진 게 그저 돛단배 하나일지, 그리고 정말 그녀가 음유시인이 맞을지 또한 아무도 모르는 일이다. 이제는 이 지독한 짝사랑을 끝내고 나의 파랑, 파도, 파란, 바다를 찾아 떠나야지.

은서는 서핑보드를 힘차게 집어 던졌다.

파도처럼 스친 휴가

파도 위의 상념

수평선 너머로 스며드는 노을빛

잔잔한 파도가 내 발목을 감싸며

오늘 하루의 피로를 씻어준다

물결 위에 떠오르는 생각들

어린 시절 모래성을 쌓던 손끝의 기억

첫사랑의 설레던 마음

졸업장을 받던 날의 벅찬 감동

파도는 끊임없이 밀려와

내 마음의 모래사장에

새로운 흔적을 남기고 사라진다

언젠가 꿈꾸었던 미래는

지금 어디쯤 떠다니고 있을까

바람에 흩날리는 갈매기처럼

자유롭게 날고 싶었던

그 간절한 바람들
파도가 부서지는 소리에 귀 기울이며
문득 깨닫는다
인생도 이 바다와 닮았구나
끝없이 밀려오는 일상의 파도 속에서
때로는 휩쓸리고 때로는 맞서며
우리는 살아간다
달이 뜨기 시작하는 하늘 아래
파도 위에 반짝이는 은빛 길을 바라보며
내일을 꿈꾼다
또 다른 파도가 올 것이고
또 다른 상념이 피어날 것이다
이 바다처럼 깊고
이 파도처럼 끝없이

파도처럼 스친 휴가

파도의 소리로

파도의 소리로 넘실대게
여름의 계절을 알리나보다.

파도의 소리로 철썩하게
여름의 더위를 알리나보다.

파도 소리에 귀 기울이니
바다 냄새도 쿵쿵하게 느껴진다.
파도 소리도 더더더더 느껴진다.

파도 소리에 넘쳐서
나의 걱정과 슬픔 모두 놓아버린다.

파도 소리에 넘쳐서
나의 미움과 아픔들 모두 버려버린다.

파도 소리가 경쾌하게
파도 소리가 청량하게
나의 자아를
나의 마음을
철썩철썩철썩 다독여준다.
철썩철썩철썩 기운을 준다.

파도처럼 스친 휴가

파도의 인사

파도의 소리로
파도의 소리로
인사한다.

파도 소리와 함께 물보라가
모래를 스치며
인사한다.

아이가 만들었던 모래성이 스르륵
무너진다.

울상이 된 아이의 마음을
파도 소리가 다시 음악 되어 위로하며 악수한다.

크게 사무친 기억들을

파도 소리가 다시 토닥이며 두드리며 위로한다.

푸르른 파도의 소리는

우렁차게 위로하고, 두드리며

용기를 주고, 희망을 주나 보다.

매번 달라지는 파도처럼

인생도 그럴 수 있다고도

한번 생각해 본다.

높이 솟아오르는 파도처럼

그렇게 기운을 내보자고

철썩 다짐해 본다.

파도처럼 스친 휴가

파아란

여름과 장마 사이 단비 같은 하루
저 파아란 바닷속 고래는 무엇을 떠올렸을까

물결이 격동하는 태평양 한가운데
유리 조각이 휘몰아치는 물속에서
그대는 희망을 상실했나

폭우에 격동하는 저 빨간 등대처럼
거친 풍파에 속절없이 흔들리며
그대는 미래를 두려워했나

펑! 하며 돌부리에 부서지는 파도같이
작은 작살 하나에도 비명을 내지르며
그대는 무너져 내렸나

아무리 이 바다가 드넓고
몸 누울 곳도 무수하다지만

그 높고도 거대한 그대를 감쌀 파란은
감히 존재하지 않는다

파도처럼 스친 휴가

파도는 괜찮아

파도가 좋아도 괜찮아.
시원한 파도를 맞으며 즐길 수 있고 두려워하지 않아
도 되니까.

파도가 싫어도 괜찮아.
파도가 우리에게 주는 이로움은 생각보다 많으니까.

파도가 잔잔해도 괜찮아.
우리에게 더 깊은 여유를 가져다줄 테니까.

파도가 무서워도 괜찮아.
안전한 파도가 있고 위험한 파도가 있으니까.

그러니 괜찮아.
파도는 언제나 우리 곁에 있을 테니까.
떠나지 않을 테니까.

파도와 함께

파도가 거품과 함께 가까이 다가오면,
혹여나 물에 젖을까 피하기 바빴다.

파도가 큰 소리를 내며 다가오면,
조금은 겁을 먹어 움츠리고 있었다.

파도가 쏟아지듯 빠르게 다가오면,
덮쳐지고 싶지 않아 도망쳤다.

하지만 이제는 도망갈 이유도, 무서울 이유도 없다.

차라리 확실하게 나에게 다가와 온몸을 젖게 해주길.
차라리 집어삼켜 내가 더는 파도와 힘겨루기를 하지
않게 하길.
차라리 파도와 함께 들어갔다 나오기를 반복하며 있
는 그대로를 유지하기를.

휩쓸리다

거친 파도에 정신을 차릴 틈도 없이
떠밀려 점점 발 디딜 곳을 잃어간다.

내가 있어야 할 곳은 저 모래 위인데
파도는 점점 나를 깊숙한 심해로 끌어온다.

더는 헤엄칠 힘도, 버둥거릴 힘도 없을 때
바다는 익숙하다는 듯, 파도와 함께 나를 삼킨다.

괜찮다. 이제는 받아들일 때가 되었다.
파도에 휩쓸려도 더는 아프지가 않다.

이제는 심해가 내 공간이고,
내가 떠 있을 곳이니.

기억의 파도

나는 가끔 기억의 파도에 떨어진다

너를 생각하고
또 너를 생각하고

그렇게 너만 생각나는
그런 기억의 파도 말이다

나는 가끔 기억의 파도에 빠진다

푸른 나비가 날아다니는
유채꽃이 피는
그런 기억의 파도 말이다

나는... 기억의 파도 속에서
너와의 추억을 그린다

옅은 파동의 깊이

아주 애틋한 사랑을 했다.
처음으로 다가온 사랑이었기에 내게 착각을 불러일
으킨 줄도 모르고 마냥 너를 좋아했다.

갑작스러운 이별을 했다.
너무나 허무하게 마주한 이별이었기에 실감조차 나
지 않는 그런 이별을.

사랑이라는 감정은 내게 허용되지 않았나 보다.
나의 사랑은 파도처럼 휩쓸렸고, 바람에 실려 날아가
버렸다.

평생을 함께 바다를 가르며 여정할 줄 알았는데,
그게 아니었다.
이미 구멍 난 우리라는 배는 막으려 해 봐도 깊이만

깊어졌고,
그렇게 끝이 없는 바다를 항해하다 함락했다.
아득히 저 깊숙한 바닷속으로.

뜨거웠던 여름날의 열기가
다가오는 가을밤의 추위로 생각이 많아지는
그런 계절이었다.

어느덧, 너와의 마지막 여름이 떠나고
쓸쓸할 것만 같던 가을의 푸른 새벽 공기는
나의 눈물 젖은 밤을 위로했고
다시 떠오른 태양은 너를 잊게 했다.

강렬한 태양이 저물면 그제야 보이는 달은
다시금 나를 슬픔에 잠기게 했다.
그렇게 혼자 아파하다 혼자 새로운 계절을 마주했다.

너와 함께 사랑한 시간은 아직 더위가 가시지 않은
여름 속 바다 한가운데 고이 둔 채,
이제 난 너를 잊었다.

파도처럼 스친 휴가

파도처럼

바다를 좋아하는 너에게
파도 같은 사람이 되어
매일매일 만나러 가려 해

조금씩, 잔잔히 그리고 천천히
파도처럼
그대의 마음에
스며들기 바라며

파도에게 전하는 말

바람이 잠든 고요한 밤이 되면
바다에 비친 별빛 물결로
살며시 다가와서 말을 건넨다.

말없이 부서지는 파도 소리가
멀리서 누군가를 부르는 것 같아서
조용히 귀를 기울여 본다.

파도야, 너는 왜 금세 사라지니
무슨 말을 하려고 밀려왔다가
그 말을 전하지도 못한 채
아쉬움과 그리움을 남기고
또다시 밀려가 버린다.

너의 흔적은 모래 위에 남지만
시간이 흐르면 그마저 없어져
마음속에만 조용히 자리 잡는다.

전하고 싶은 말이
너무 크고 너무 많아서
한꺼번에 다 말하지 못하는 것 같아
너를 기다리는 이 밤은
더 외롭고 더 슬프다.

파도야, 오늘 밤엔
다 말하지 못하더라도
잠시만 기다려줘
그 그리움을 내가 들어줄 수 있도록.

너라는 파도

소리 없이 다가와
내 마음의 모래성을
조용히, 천천히
무너뜨린 너.

등 돌린 바위였던 나는
너의 물결에 스며들며
모서리를 잃어갔지.

날카롭던 말도
고집이던 침묵도
파랑 앞에선
아무것도 아니었어.

사랑은
불쑥 들이치는 태풍이 아니라
끝없이 밀려드는 너였다는 걸
나는 오래도록 몰랐지.

꾸준히 흐르던 해류(海流)는
나를 지운 것이 아니라
조용히, 차곡차곡
사랑을 쌓고 있었어.

그렇게 매일 젖어가며
네 마음의 깊이를 품은 나는
어느새 바다였다.
너라는 파도를 껴안은.

밤 파도

커다란 설움을 토하며 달려와 산산이 깨어집니다.

피해 보려 하지만 밀쳐지고 던져집니다.

돌아가고 싶지만,

바다 끝에 기어이 닿고야 말았습니다.

갈 곳이 없습니다.

파도에 젖어버린 신발이 서럽습니다.

까맣게 터져 나온 비명이 서럽게 아픕니다.

밀려온 것을 탓할 곳 없어 서러워집니다.

까만 밤, 바다 비명소리가 서럽게도 아픕니다.

파도의 계절

봄 햇살 가로지르며 사뿐히 내려앉는 파도를 보며
무슨 까닭인가 한결같은 그녀의 인생이 부끄러웠을까

여름 파도 앞지르며 불쑥 찾아드는 파도를 보며
무슨 까닭인지 떠밀려 부서져도 필생인 그녀의 인생
이 바보처럼 보였을까

가을 파도 휘날리며 시원하게 달려오는 파도를 보며
무슨 까닭인가 핏빛 노을 같은 그녀의 인생이 처량해
보였을까

겨울 파도 날카롭게 파고드는 파도를 보며
무슨 까닭인지 마주 앉을 기력조차 쇠잔해진 그녀의
인생이 불쌍해 보였을까

그럼에도 불구하고
한순간도 흐트러짐 없이
거센 파도 앞에 담담한 그녀가 자랑스럽다

그럼에도 불구하고
시린 눈물 위에 소망의 화관을 쓴 그녀가 사랑스럽다

그녀가 살아낸 파도의 계절은
내 삶의 열망을 불러일으키는 동력이 되었다

비록
어떤 파도는 흥건한 거품처럼 흠뻑 적시고 사라져도
여전한 방식으로 내 삶의 주어진 자리를 지키게 한다

파도처럼 스친 휴가

인생 아래서 파도를 타다

어느 페이지에는 인내의 흔적을 남기고
어느 페이지에는 열매의 씨앗이 남았다

딸,

아내,

엄마..라는 인생 아래

한순간도 잔잔한 적 없는 하얀 파도

오늘도 거칠게 휘몰아친다

눌러앉은 가슴팍에 단단한 설움을 남기고
굽은 등줄기에 새파란 생채기가 남았다

딸의 페이지는 그리움을 남기고
아내의 페이지는 아쉬움이 남고 안타까움을 남기고

엄마의 페이지는 사랑의 수고를 남기고 인생의 열매
를 남긴다

매서운 파도 속에 빨려 들어가
인생 갯벌에 나뒹굴고
무거운 파도 속에 내동댕이쳐져
인생 벼랑 끝에 매달려도

굽이친 파도 보란 듯이 얼굴을 내밀고
마주친 파도 부끄럽게 인생을 버틴다

파도타기 하는 모든 때는 아름답다

때로는 불청객처럼 나타난 막무가내 파도 탓에
움켜잡은 희망이 되는 일 없이 종잇장처럼 구겨지고

때로는 생살이 저며 드는 상실의 고통 같은 어려움이
깊은 파도 감옥에 갇힌 듯 살 소망조차 끊어질 때도

파도처럼 스친 휴가

파도는 통과하면 된다
파도는 지나가기 마련이다

파도의 때조차 아름답다 하는 건
파도가 쉽고 가볍기 때문이 아니라
파도를 통과하며 써가는 페이지의 주인공이 견디고
버틴 인생의 열매 때문이다

인생 아래서 파도를 타며
모든 때를 아름답게 써가는 주인공
바로 너
바로 나
바로 우리

파도를 닮은 마음

해가 저물고 달이 모습을 드러낸
바다의 모습은 유난히 반짝거린다.

나의 기분을 닮은 거친 파동 물결을
보고 있자니 위로가 되는 것 같다.

애야, 너도 나와 같은 마음인 거니?
너는 어떤 하루를 보냈길래 그렇게 몸부림
치고 있는 거니?

너도 나와 같은 버거운 하루를 보냈다면,
달이 저물고 해가 모습을 드러낸
시간에는 잔잔한 물결로 가득한 아침을
맞이하자꾸나.

파도 같은 사랑

새벽 공기가 가득 찬 차가운 바닷가.
아무 말 없이 옆에 있는 연인의 손을 잡는다.

예쁜 미소를 지어주며 맞잡아 주는 그 온기는
생동감 있게 파도치는 바다와 닮았다.

나의 연인아, 저 파도와 같이 우리는 뜨겁게
사랑하는 사이지.

파동이 거의 없는 바다는 우리에게 어울리지 않아.
매일 요동치는 파도처럼 서로에게 이끌리잖아.
파동이 조금 잔잔해지더라도 언제나 사랑의 온도는
움직이고 있으니까 괜한 걱정은 하지 말자.

나의 연인아, 저 파도와 같이 우리는 뜨겁게
사랑하는 사이지.

계속해서 들어오는 저 파도와 같이 함께한 시간은
영원히 기억될 거고 함께할 시간은 계속될 거야.

파도처럼 스친 휴가

네가 그립다

출렁이며 다가와
산산이 부서져
잡을 수 없는 파도의 하얀 숨결에
너를 떠올린다

눅진한 바닷바람
긴 생머리 흩날리며 뒤돌아보던 나를
사진 한 장에 담아주던 널
내 마음에 그린다

잡을 수 없지만
발끝에 닿는
보드라운 거품 꽃에
너의 미소 떠올린다

파도가 시작되는 저 먼 곳

하늘과 맞닿은 수평선 위

구름 한 점 되어

파도의 끝에 서 있는

나를 바라보고 있을 너를

여름의 파도로 기억하고 싶다.

파도처럼 스친 휴가

포레스트 웨일

공동 작가

휴가

여름이었다

집에서 나오자마자 열기를 내뿜는 해님 아저씨,
그 속을 뚫고 시원하게 달린다.

중간에 들리는 휴게소는 필수,
소금 추가한 통감자 하나 입에 물고
한 손엔 시원한 커피를 들고
다음 간식을 탐색한다.

간식으로 끼니를 채우며 도착한 작은 냇가,
얕은 곳에서 다슬기를 잡으며 놀아도
발만 담그고 맥주 한 캔만 해도 기분 좋아지는

그런 곳,
아니 그렇게 만들어 준 너

저녁에는 바비큐를 하고
익은 고기들만 호호 불어 입에 쏙 넣어준다.

마무리는 작은 불꽃놀이
그 작은 불빛이 선명하게 담긴다.

파도처럼 스친 휴가

조용히 보내는 휴가

여름부터는 휴가가 시작된다. 어디로 여행을 떠날까?
고민이 되고 여름부터도 결혼식을 올리고 하와이를
떠나는 분들도 계신다. 나는 하루 월차를 쓰고 바다가
있는 곳을 가서 책을 함께 시간을 보낸다

바닷가에서는 갈매기가 울고 수영을 즐기는 사람들
도 보인다 난 벤치에 앉자 음악 소리에 맞춰 천천히
책을 읽어가면서 조용히 분초가 지나간다

천천히 걸으면 마음이 평온하고 딴생각은 멈춘다.
계속 걷기를 계속 이어간다

나무에서 솔방울이 톡 하고 떨어지는 소리와 나무의
바스락 소리에도 귀를 기울이면 하루의 휴가를 마친다

휴가로! 가족들과 함께

차를 타고 가족들이 옹기종기 모여 신나게 여행을 떠
난다
휴게소에 들러서 점심을 먹고 캠핑을 즐기기 위해 음
악과 함께 도착지를 향해 간다

텐트를 치고 불을 피우고 아이들은 계곡에서 물놀이
하면서 시원한 여름휴가를 보낸다

저녁이 되고 고기를 불판 위에 올려 아이들과 함께
먹고 하면 캠프파이어의 시작을 준비하는데 불 위에
마시멜로을 올려 달콤하게 먹고 나무가 조금씩 타들
어 가지만 노래와 함께
밤하늘에 별을 보면서 좋은 시간을 보낸다

불꽃이 타들어 가면서 잠시 여유를 갖고 생각에 잠기
는데 그 시간조차도 아름다운 휴가라 생각이 들게 되
었습니다

작은 시골집

시골집 툇마루에

비춰오는 아침 햇살

꽃물결이 일렁이는

저 들판을 넘어

풀벌레 소리에

시골의 향이 깊어져간다

뒷산에 심어 놓은

귤들은 맛깔나게 영글었고

저녁때 밥 짖는

구수한 냄새에 취해간다

휴가의 끝, 파도가 남긴 너

햇살 한 줌,
바다로 내려앉던 날
너와 나는
여름의 한가운데 있었다

바람은 소곤소곤
귓가에 파도를 실어 나르고
하얗게 부서지는 물결 위로
너의 웃음이 번졌다

수평선은 멀고도 가까워
우리 마음 닿을 듯 말 듯
서로의 어깨에 조용히 기대었지

모래 위에 남긴 두 발자국
금세 파도가 지워가도
그 순간만큼은
영원이라는 말을 믿고 싶었어

햇빛은 윤슬 되어 반짝이고
우리는 그 빛을 따라
아무 말 없이 바다를 바라보았지

소금기 어린 공기,
너의 체온,
나를 감싼 그 시간은
언제나 돌아갈 수 있을 것 같은
그리움의 파도야

짧았지만
찬란했던 그 여름의 하루
파도처럼 스쳐 갔지만
내 마음 가장 깊은 곳에
아직도 출렁이는 너라는 계절

파도처럼 스친 휴가

시골집: 그날의 이야기

시골집 마당 한복판에 놓인 낡은 평상이 하나,

그 위로는 시간의 무게보다 가벼운 웃음들이 차곡차

곡 쌓여 있었다.

초록빛 산 아래, 매미 울음이 쏟아지는 들판 끝에서

우리는 한 명씩 돌아와

어릴 적 이름으로 다시 불렸다.

누구는 형이고, 누구는 누나고, 나는 그저 막내였다.

햇볕은 따가웠지만 바람은 들꽃 냄새를 실어 나르며

자꾸만 옛 기억을 건드렸다.

하얀 셔츠를 입은 삼촌이 웃으며 수박을 반으로 쪼갰

을 때,

그 안에선 여름이 쫙 퍼져 나왔다.

검고 동그란 씨앗들을 종이에 모으며

누가 더 멀리 뱉나 시합하다가, 웃음에 넘어지고,
수박 물이 흘러 무릎을 적셔도 그 누구도 신경 쓰지
않았다.

"야, 그 얘기해 줘! 옛날에, 마루 밑에서 귀신 봤다는
그 이야기!"

밤이 찾아오면 기어이 누군가가 무서운 얘기를 꺼냈다.
마당 한편에서 풀벌레가 울고,
나무 사이사이로 밤바람이 스며들며 긴장을 조여 왔다.
누군가는 무섭다고 소리쳤고,
누군가는 씩 웃으며 귀신 역할을 자처했다.
그러다 꼭 누군가 울었고, 또 누군가는 안아줬고,
결국엔 전부 웃었다.

"진짜야. 그날은 마루 밑에서 뭔가 움직였어."

"귀신 아니라 고양이였다니까!"

"그래도, 진짜 무서웠어. 난 아직도 생각나."

파도처럼 스친 휴가

말은 무섭다고 하면서도
우리는 그 이야기들이 좋아서 계속 졸랐다.
조금만 더 해달라고,
조금만 더 옛날애기를 해달라고.

옥수수는 찜통에서 김이 모락모락 피어오르며 익어
가고 있었고,
할머니는 땀을 닦으며 우리를 바라보셨다.
그 눈빛은 언제나 같으셨다.
정겹고, 따뜻하고,
아무 말 하지 않아도 모든 것을 안다는 듯한 눈빛으
로 바라보셨다.

밤이 깊어지면 별이 깔리고,
방 안에선 선풍기가 덜그럭거리며 돌아갔고,
누군가는 쿨쿨 자고,
누군가는 잠든 사람 얼굴을 들여다보다가,
문득, '참 좋다'라고 혼잣말처럼 중얼거렸다.

휴가

휴가는 그렇게 우리에게 다가왔고,

우리도 그렇게 여름에 기대어 웃었다.

무서운 얘기도, 수박도, 옥수수도,

그 속에 담긴 건 결국,

우리가 서로를 아끼고 사랑하는 마음이었다.

쉴 수 있는 휴가

휴가

어디로 갈까?

가야 할 곳도 많고

안 가본 곳도 많은

세상천지

사람들 북적이는 공간

사람들 별로 없는 공간

각자만의 답을 갖고

떠나는 설렘의 휴가

누구와 함께 떠나든

홀로 어디든 떠나도

목적을 달성하면 ok

시간을 즐기는

정해진

마음 머무는 곳에서
피어나는 쉼
하하 호호
행복 넘치는 휴가
쉴 수 있는 시간이
실수 없는 시간이 되게
실수 없는 시간이
현명한 계획으로
행복 휴가 시간이 되길
O기억에 남을 멋진 휴가
어디로 떠나볼까?
Let's go!

그곳을 향해 떠나라!

어디론가 떠나고 싶은 마음

다른 장소에서 찾고 싶은 힐링 무대

우선 벗어남이 목표지만

떠나고 싶어도 못 떠나는 자

떠난다 해도 마음이 불편한 자

무거운 짐 같은 생각

버리고 잠시 잊을 때

휴식은

장소와 상관없이 찾아올 수 있다

흥이 나며 쉴 수 있는

그곳을 향해 떠나라!

어디로 떠나야 할지

누구와 있어야 할지

설렘의 휴식 시간

가져야 할지 말아야 할지

계획한 곳을 향하고

그냥 무덤덤 집에 머물러도

시간은 쉬지 않고 흐르고

마침에 시간까지 도달하고

폭염의 무더위 속 시간들

마음만은 편한 쉼의 여유

행복했고 달콤했다

피부로 느끼는

쉼의 행복에서

또 펼쳐질 희망의 불빛

그곳을 향해 떠나라!

파도처럼 스친 휴가

어느 여름날의 고백

사랑은 꼭 어느 여름날의 휴가 같아서
한낮의 열기로 마음을 물들였지

아무런 예고도 없이
굽어진 계절 어귀에 나만 남겨두고

소실점을 향해 기운 태양처럼
천천히 식고, 천천히 아파졌지.

엄마의 휴가

엄마가 휴가를 떠났다
짐도 없이 작별도 없이
아마도 오늘은 스무 살의 칠월의 바다로

가끔
휴가를 멈추고 돌아온다

낯선 얼굴 익숙한 미소

"안녕하세요"

나는 익숙한 얼굴 낯선 인사로 답한다

"안녕하세요"

어느 날 엄마가 말했다

"여기가… 어디지?"

나는 그 말 대신 어깨를 감싼다

괜찮아 좋은 휴가였을 거야

엄마는 천천히 눈을 감는다

그리고 다시 떠난다

이번엔 돌아올지 모른다

나는 식지 않은 찻잔 곁에서
다음 휴가의 끝을 기다린다

작은 쉼

땡볕 속에
들리는 매미 소리

그늘에서 선풍이 틀고
수박 한 조각

아삭하면서
달달한 과즙이
입안에서 맴돈다

휴가라 해서
굳이 멋진 곳을 가야 하나

멀리 갈 필요도 없고
돈들 필요도 없는
마음의 안식처

그런 곳이
진짜 휴가 아닐까?

슬로우 보트(Slow Boat)의 후쿠이 료

2017년 겨울이었다. 나는 호피족 보호구역에 사는 닥터 라비를 만나고 화이트 샌드 국립공원으로 향하는 중이었다. 늘 그렇듯 차에 연결된 외장스피커를 통해 다양한 음악이 흘러나오고 있었다. 그중에는 일본이 낳은 천재 재즈 피아니스트, 후쿠이 료의 <Scenery> 앨범 수록곡들도 있었는데, 나는 그때 다짐했었다.

"언젠가 그와 그의 아내가 만든 재즈바에 가야지."

그로부터 8년이란 시간이 지나, 나는 마침내 삿포로행 비행기에 몸을 실었다. 참 오랜만에 홀로 떠나는 휴가였다. 슬로우 보트가 있는 삿포로의 시간은 느리게 흘러간다. 아마 눈이 내 키만큼 쌓이는 겨울에는 더 느리게 흘러갈 것이다. 이곳에서는 누구 하나 왜 이제야 왔냐고 묻지 않는다. 슬로우 보트에서 만난 영국인은 작년에 내뱉은 말을 지키기 위해 이곳에 왔고,

나는 2017년에 피어오른 상념을 따라왔을 뿐이다. 저마다 속도는 다르지만, 파도는 계속 치고 보트는 끝끝내 이곳을 향한다. 무엇보다 내게 중요한 사실은 그뿐이다.

오래전에 떠난 나의 보트는 2025년 6월 1일에서야 도착했다. 운명이었을까? 이날은 슬로우 보트 개업 30주년 기념일이자, 후쿠이 료의 생일이기도 했다. 나는 그저 운 좋게도 과거의 꿈을 잃어버리지 않았을 뿐인데…. 아주 특별한 순간과 마주하게 된 것이다. 참고로 나는 여행 운이 꽤 있는 편이다. "흠…. 이런 흐름이라면 어디 한번 크게 베팅해 볼까?"

나는 결국 4박 5일의 삿포로 여행 중 세 번이나 슬로우 보트를 방문했다. 원래는 매일 밤 다른 재즈바에 가려고 했었는데, 슬로우 보트에서 만난 두 명의 영국인이 "슬로우 보트가 최고야."라고 말하는 걸 듣고 모조리 계획을 바꾸게 됐다. 물론 귀가 얇은 편은 아니다. 둘째 밤까지는 내가 아끼는 초록색 수첩에 적혀있던 대로 착실하게 진행됐으니까. 나는 그저 언제 다시 올지 모를 삿포로 재즈 여행을 완벽하게 만들고자 했을 뿐이다. 결과는 대성공이었다. 그리 크지 않은 도

시 삿포로, 슬로우 보트 30주년을 맞아 이 동네 저 동
네 할 것 없이 일본의 실력파 재즈 뮤지션들이 이곳
에 모여들어 연주했다. 그야말로 잭팟이 터진 것이다.

　재즈를 막 접한 사람들을 위해 덧붙이자면, 후쿠이
료는 2016년 세상을 떠났는데 사실 그는 살아생전 그
리 유명한 재즈 뮤지션이 아니었다. 사후에 한 재즈
팬이 후쿠이 료의 첫 앨범인 <Scenery>를 유튜브에
올리게 되고, 이 영상이 대박을 터트리면서 역주행 신
화를 만들게 됐다. 재즈는 비주류 장르이기 때문에 천
만이 넘는 조회수를 얻기란 매우 어렵다. 나도 어떤
알고리즘을 타고 처음 그 영상을 재생하게 된 것인지
모를 정도고, 그의 존재를 알았을 때는 이미 만날 수
없게 된 이후였다. 비록 후쿠이 료가 없는 슬로우 보
트지만, 전 세계의 재즈 팬들은 재즈 명소인 이곳을
찾고 여전히 그의 아내인 야스코 씨가 지키고 있다.
　내가 슬로우 보트에 방문했던 첫날 야스코 씨는 검
은색 티셔츠와 재킷을 입고 금장 안경을 쓰고 있었다.
이전에 만나 본 적은 없었지만, 그녀가 풍기는 아우라
가 "내가 그 유명한 후쿠이 료의 아내다."라고 말하고

파도처럼 스친 휴가

있었기에 나는 곧장 야스코 씨를 알아봤다. 그녀는 나를 보자마자 자리에서 일어나 내가 앉을 테이블을 안내해 주었다. 내부는 매우 좁아서 옆 사람이랑 금방이라도 부딪힐 것만 같았다. 나는 조심스럽게 몸을 구겨 겨우 의자에 앉아 맥주를 주문했다. 이건 나중에 한국인 관광객으로부터 안 사실인데, 바로 내 옆에 앉아 있던 아리따운 여성 두 분이 배우 전소민 씨 모녀였다. 나는 오히려 그 사실을 늦게 알아서 다행이라고 생각했다.

'어딜 가나 사람들이 알아보고 "사진 찍어주세요, 사인 해주세요." 할 텐데 눈치 없는 내가 보고도 알아채지 못해서 전소민 씨가 여행 중 마음껏 재즈를 즐기셨겠구나. 진심으로 그러셨길 바라요.'

어찌 됐든 나는 첫째 날 모든 공연이 끝난 후 슬로우 보트 30주년 기념 파티에 함께 하는 영광을 누렸다. 파티라고 해서 딱히 초대권이 있는 행사는 아니다. 그저 마지막까지 남아있었던 모두에게 접시와 젓가락이 쥐어졌고, 야스코 씨와 슬로우 보트의 오랜 단골들이 가져온 음식과 술을 나누는 자리였다. 테이블의

중간에 후쿠이 료의 사진이 떡하니 놓여 그날 파티의 정체성을 나타낼 뿐이었다. 나보다 며칠은 일찍 와서 밤마다 슬로우 보트를 찾았던 두 명의 영국인은 연신 재즈에 관해 이야기했고 나와 젊은 일본인 트럼펫은 그들의 말을 들으며 고개를 끄덕였다. 둘째 날도 셋째 날도 두 명의 영국인은 같은 자리에 앉아 재즈를 듣고 토론하고 손뼉 쳤다. 나는 "아, 저 정도 열정은 가져야 진정한 재즈 팬이라고 하겠구나."라고 생각했다.

 여행의 마지막 날, 나는 저녁 식사를 마치고 근처 꽃집에 들러 작은 꽃다발을 샀다. 첫째 날 다들 30주년 기념 선물을 들고 왔었는데 (앞서 말했다시피 나는 눈치가 없어서) 뒤늦게나마 야스코 씨에게 선물을 전해주고 싶었기 때문이다. 꽃다발을 들고 5층에 도착하니 역시나 야스코 씨는 미어터지는 재즈바의 입구 쪽에 걸터앉아 있었다. 먼 곳에서 찾아온 손님을 한 명이라도 더 들여보내 추억을 쌓게 해주고 싶은 듯했다. 나는 야스코 씨에게 늦게 선물을 줘서 미안하다고 말한 뒤 두 명의 영국인 옆으로 향했다. 야스코 씨는 기쁜 표정으로 꽃다발을 받고는 자신의 자리에 다시 걸터앉아 음악을 들었다. 유독 그날은 평소보다 많

파도처럼 스친 휴가

은 세션이 참여해 풍성한 공연을 만들었는데 마음 같아서는 며칠 더 슬로우 보트에 머물고 싶어졌다. 모든 공연이 끝난 뒤 나는 야스코 씨에게 조심스럽게 다가가 사인을 받을 수 있는지 물어봤다. 야스코 씨는 흔쾌히 그러겠다고 했다. 슬로우 보트에서는 후쿠이 료가 생전 발매한 다양한 앨범을 살 수 있는데 대부분 내가 이미 가지고 있는 것들이라 30주년을 기념해 갓 발매한 LP를 선택했다. 야스코 씨는 나의 이름을 물어본 뒤 일본어와 영어를 섞은 메시지까지 넣어 특별한 사인을 해주었다. 나는 아티스트에게 직접 받은 사인 CD나 LP를 몇 장 가지고 있지만, 이렇게 가까이서 며칠 동안 만나서 이야기하며 받은 적은 처음이라 더 오래도록 기억에 남을 게 분명했다.

나는 이번 여행에 큰 역할을 한 두 명의 영국인에게 감사 인사를 전하는 것을 마지막으로 삿포로행 슬로우 보트에서 내렸다. 한 줌 모래알처럼 남아있던 아쉬움도 다 사라지고 없었다. 여행은 언제나 우연을 동반하고 같은 배를 탔던 동료의 뒷모습은 새로 나아갈 길을 제시할 테니까. 그로부터 며칠 뒤 연락처를 주고받았던 영국인, 알렉스 씨로부터 메시지가 왔다.

"슬로우 보트에서의 며칠 밤 동안 기뻤어요. 언젠가 다시 만나요."

"저도 특별한 행사와 공연이 가득했던 그날들을 잊지 못할 거예요. 우리 꼭 슬로우 보트에서 다시 만나요."

우리가 탄 보트는 다시 저마다의 속도로 지구를 항해할 것이다. 언제쯤 도착하냐, 왜 이제 왔냐고 물어보지도 않을 것이다. 중요한 건 보트의 종착지가 단한 곳이란 점이다. 그곳에는 후쿠이 료가 피아노 앞에 앉아 <Keep Jazz Alive>라고 외치는 포스터가 붙어 있고, 시원한 삿포로 클래식 맥주가 마구 거품을 뿜으며, 옆에 누가 앉았는지 모를 정도로 매력적인 재즈가 연주되고, 구석진 곳에 야스코 씨가 조용히 앉아 재즈바를 지키고 있다. 세상에서 가장 느리게 시간이 흐르는 곳, 바로 슬로우 보트다.

파도처럼 스친 휴가

오타루의 후지이 이츠키

겨울이면 생각나는 영화 한 편이 있다. 바로 1998년 일본 문화 개방과 함께 국내 정식 개봉한 이와이 슌지 감독의 영화 <러브레터>. 당시 불법 비디오까지 유통되며 대학가에서 인기를 끌었던 <러브레터>는 한국 문화계의 우려를 불러일으켰을 만큼 한국인들의 뇌리에 깊숙이 남아있는 일본 영화다. 신기하게도 정작 본국인 일본에서는 크게 흥행하지 않았다고 한다. 이와 비슷한 경우의 영화가 있는데 데미안 셔젤 감독의 <라라랜드>다. 영화 촬영지인 로스앤젤레스 그리피스 천문대에 가면 <라라랜드>를 보고 온 한국인들을 심심찮게 볼 수 있다. <러브레터>의 촬영지인 오타루 또한 마찬가지다. 정말 많은 한국인이 영화의 감동을 직접 느끼기 위해 오타루를 찾는다. 하긴 지난 20여 년간 꾸준히 성장한 한국 영화와 드라마의 인기에 힘입어 수많은 관광객이 한국을 찾지 않나? 문화의 힘이란 실로 어마어마한 것이다.

보통 홋카이도는 라벤더가 흐드러지게 피는 7월이나 눈이 펑펑 내리는 겨울이 성수기라고 알려져 있다. 6월 초라고 해서 전혀 관광객이 없는 건 아니지만 사람 많은 곳에 가는 걸 선호하지 않는 나의 취향에 딱 맞는 시즌이라서 오히려 더 좋게 느껴졌다. 특히 일본 여행을 가면 다들 겪게 되는 식당 앞에 기다랗게 늘어선 줄을 서지 않아도 된다는 건 정말 큰 장점이다. 이미 몇 번의 일본 여행에서 유명 관광지는 미리 예약해야 한다는 교훈을 얻었기에 대부분의 일정은 정해져 있었다. 만일을 대비해서 여러 가지 차선책도 나의 초록색 수첩에 적혀 있었다. 그런데 웬걸? 막상 오타루에 도착하니 사람이 없어도 너무 없었다. 나는 미나미 오타루 역에서 대부분의 유명 장소가 모여있는 사카이 마치로 뛰어갔다. 분명 공휴일도 아닌데 이렇게 조용할 수가 있나 싶었다. 저 멀리 오타루 오르골 본관이 보였다. 적기는 해도 분명 사람들이 걷고 있다. 나는 그제야 가쁜 숨을 내뱉었다. "제대로 찾아온 거구나." 나의 우려와는 달리 오타루는 정상영업 중

파도처럼 스친 휴가

이었다. 말 그대로 정말 비수기인 것이다.

나는 오타루에서 가장 번잡하다고 알려진 메르헨 사거리에서 <러브레터> 속 주인공, 후지이 이츠키의 흔적을 따라 걷기 시작했다. 영화의 내용을 모르는 사람들을 위해 짧게 설명하자면 학창 시절에 같은 반에 같은 이름을 가진 남학생과 여학생이 있었다. 두 사람의 이름이 후지이 이츠키다. 시간이 흘러 남자 후지이 이츠키는 사고로 죽고 그의 약혼녀가 남자의 첫사랑인 여자 후지이 이츠키와 우연히 편지를 주고받으며 과거의 비밀을 알게 된다는 내용이다.

내가 서 있는 곳에 오타루 오르골 본당과 달콤한 치즈케이크를 파는 르 타오, 우체국 옆의 새빨간 우체통, 커다란 유리공방이 있을 뿐인데 벌써 영화 속 주인공들이 뛰쳐나올 것만 같다. 얼마나 많은 사람들이 이 거리에서 후지이 이츠키를 찾아 헤맸을까? 영화에 등장하는 또 다른 중요한 장소는 병원인데 실제로는 오타루 시청 건물이라고 한다. 내부는 아주 조용했고 오래된 괘종시계만 째깍째깍 소리를 내고 있었다. 그렇게 서너 시간 쉬지 않고 걸었던 나의 배꼽시계도

휴가

울리기 시작했다. 오타루를 유명하게 만든 또 다른 작품은 <미스터 초밥왕>이다. 하지만 아쉽게도 유명한 초밥집은 휴무일이었으므로 대신 해산물 덮밥을 점심으로 정했다. 나는 전날 삿포로 장외시장에서 아침 일찍 카이센동을 먹었었지만, 너무 충격적으로 맛있어서 다시 한번 오타루에서도 먹고 싶어졌다. 입안에서 톡톡 터지는 연어알과 고소한 우니의 풍미는 전혀 질릴 법을 몰랐다. 그건 나만의 선택이 아니었는지 곧이어 사람들이 줄을 서기 시작했다.

점심을 먹고 나온 나는 오타루 문학관과 금융자료관에 들러 짧게나마 오타루의 역사와 문화적 유산에 대해 알아봤다. 마침, 금융자료관에는 신권이 전시되고 있어서 주황색 모자를 맞춰 쓴 학생들이 통 안에 든 신권 다발을 들었다 놨다 하고 있었다. 그걸 보고 있자니 흐뭇한 미소가 자동으로 지어졌다. 어딜 가나 아이들이 뛰어노는 모습은 사람을 기분 좋게 한다. 오타루 문학관에는 특별히 제작한 한국어 팸플릿이 있었다. 근처 대학교에 다니는 학생들이 삼삼오오 모여서 함께 만들었다고 하는데 한일 양국의 국교 정상화

60주년인 올해 민간 차원에서 이와 같은 활발한 교류가 많았으면 좋겠다는 생각이 들었다.

아침부터 쉴 새 없이 걸어서였을까? 슬슬 발이 아파지기 시작했다. 이럴 때 필요한 것은 쌉쌀한 커피와 당을 채워줄 케이크다. 근처를 검색해 보니 아주 신비로운 실내장식을 한 재즈 킷사가 나타났다. 그곳의 이름처럼 나에게 한 줄기 빛이 되어줄 공간임이 분명했다. 킷사는 한국의 다방이라고 생각하면 되는데 보통 커피뿐만 아니라 간단한 식사 메뉴를 파는 곳도 있다. 아케이드가 설치된 미야코 거리에 들어서자, 붉은색 벽돌이 촘촘히 박혀있고 한자로 빛 광자가 떡하니 걸린 킷사가 보였다. 안에는 온통 골동품 램프가 가득해서 마치 램프 박물관에 온 것만 같은 착각을 일으켰다. 멀끔하게 양복을 차려입은 할아버지들이 커피를 마시며 담소를 나누고, 다른 한쪽에서는 젊은 남자가 신문을 보고 있었다. 이대로 한 편의 영화가 되는 마법이다.

오타루 여행의 하이라이트는 정말 예상치 못한 곳에서 불쑥 찾아왔다. 커피를 마시며 지도를 보던 나는 오타루 운하가 끝나는 지점에서 하나의 표식을 발견했다. "크루즈 동굴 투어." 후기를 하나씩 보니 나처럼 뭔가를 먹으며 검색하다가 우연히 발견한 사람들로 가득했다. 관광안내책자에도 나와 있듯이 운하를 왔다 갔다 하는 배가 있다는 건 알았지만, 아예 먼 바다로 나가는 배가 있다는 건 어디에도 나와 있지 않아 다들 금시초문인듯했다. 그래, 시간도 남는데 탈 수 있는지 한번 가보자. 나는 후기를 남긴 사람들처럼 맹목적으로 혹시나 남아있을 승선권을 구하러 갔다. 다행히도 한 시간 뒤에 출발하는 표를 현장에서 쉽게 살 수 있었다. 나는 그새 지금이 비수기라는 걸 잊은 것이다. 직원의 말을 들어보니 자리가 있고 없고보다 파도의 세기가 출항에 더 큰 변수로 작용한다고 했다. 부두에 설치된 간이의자에 홀로 앉아 있으니 잠시 뒤 나와 함께 바다로 나갈 탑승객들이 시간에 맞춰 하나둘씩 나타났다. 우리는 구명조끼와 두꺼운 점퍼를 입고 선장님의 지시에 따라 배에 올라탔다. 대략 12인승인 보트는 빠르게 항구와 방파제를 벗어나 곧장 최고 속도로 달리기 시작했는데 예상치 못한 물보라에 승객들은 반쯤 신남과 무서움이 섞인 괴성을 내뱉었다.

파도처럼 스친 휴가

오타루의 바다는 너무도 깨끗해서 바닷속이 훤히 보일 만큼 투명했다. 한참을 달리던 보트는 기암괴석이 보일 때마다 속도를 줄여 선장님의 설명이 더해졌다. 코끼리와 곰, 고래를 닮은 바위 앞에서 선장님이 유쾌한 억지를 부리자, 승객들은 깔깔 웃었다. 우리는 계속 파도를 튕기며 푸른 빛이 나는 동굴 안으로 들어갔다. 알고 보니 푸른 빛이라는 게 자연적으로 발생하는 건 아니었고 보트에서 램프를 바닷속으로 던지면 해저 동굴의 밑바닥이 푸른 빛을 내며 오묘한 풍경을 만드는 것이었다. 마치 <러브레터>에서 남자 후지이 이츠키와 그의 주변 사람들이 과거를 회상하며 불렀던 노래, <푸른 산호초>의 가사처럼. 그리고 이건 오타루에서 내가 찾은 마지막 후지이 이츠키의 흔적이기도 했다.

"아, 내 사랑은 남쪽에서 불어오는 바람을 타고 달려요. 아, 푸른 바람을 가르고 달려가요. 그 섬으로…."

파라솔 아래서

햇빛은 정수리까지 내려왔고
세상은 온통 반짝이고 있었다.

모래알마다 여름이 묻어 있었고
나는 그 한가운데,
작은 파라솔 하나에 기대앉아 있었다.

해야 할 일도
가야 할 곳도
지금은 잠시 멀리 두고 싶었다.

얼음이 반쯤 녹은 컵을 들고
파도 소리를 배경 삼아
아무 생각 없이 앉아 있었다.

참 이상하지
그 아무 생각 없음이
이토록 충만하게 느껴질 줄이야

손끝에 닿은 컵은 차가웠고
마음속 한구석은 따뜻해졌다
바다란 그런 곳이다.
텅 비었는데, 이상하게 채워지는 곳
아무도 말을 걸지 않는데,
위로받는 기분이 드는 곳

누구는 배를 타고 나가고
누구는 물속에 뛰어드는데
나는 그저
파라솔 그늘 아래 앉아
쉰다는 것이 무엇인지
그 의미를 천천히 배웠다.

일상에서는
내가 쉰다고 느끼는 순간에도

휴가

어딘가엔 '해야 할 일'이
늘 함께 따라오곤 했는데

여기서는
그 그림자마저
바다에 씻겨나가는 기분이었다.

가끔은
누구를 만나지 않아도 좋고
아무것도 하지 않아도 좋고
그저 한낮의 그늘 아래에서
내 마음이 숨 쉬고 있구나,
그것만으로도 충분했다.

그날의 그늘은 작았지만
기억 속에서는
참 넓고 다정한 곳으로 남았다.

파도처럼 스친 휴가

2. 김예빈

쉼

올해의 휴가는 조용히 다녀왔다.
말없이 짐을 싸고
햇볕이 뜨겁다는 이유로 그늘만 골라 걷다,
사진도 한 장 찍지 않았다.

사람들이 웃고 떠드는 사이,
나는 파라솔 아래에서
누가 남긴 자국을 바라봤다.
얼굴 반쯤 가린 선글라스 너머로

긴장을 푸는 법을 잊은 손은
계속 주먹을 쥐었다 폈다,
생각보다 마음은 멀리 가지 않았다.
익숙한 생각들이 모래처럼 달라붙었다.

누구도 묻지 않아서 다행이었다.
어디 다녀왔냐고,
잘 쉬었냐고 묻는 대신
다들 제자리로 돌아가는 일에
충실해 보여서 다행이었다.

돌아온 후,
머문 흔적은 아무것도 없었다.
피곤만 조금, 덜해졌을 뿐.

파도처럼 스친 휴가

너에게로 떠나는 휴가

편한데도 설레

힘들고 지친 마음이라도
네 앞에 서면 미소가 절로 흐르고
항상 보고 싶고
항상 함께 하고 싶어

마주 보면 다정한 눈빛이 되고
불어오는 바람 더불어
너랑 나란히 걸으면
세상에서 가장 행복한 사람이 돼

그냥 그렇게 돼

너와 함께하는 모든 순간의

내 마음은

너에게로 떠난 휴가 같아.

파도처럼 스친 휴가

스트레스 해소

일상이란 이름의 반복 속에서 문득 숨이 막힌다는 생각이 들었다. 출근길 지하철에서 늘 같은 자리에서 같은 음악을 듣고 있는 나 자신이 낯설게 느껴졌다. 하루하루를 성실히 살아가고 있다고 믿었지만 내 마음은 점점 무거워지고 있었다. 그런 나를 일깨운 건 다름 아닌 휴가였다.

말 그대로 '쉬는 날'이었다. 아무것도 하지 않아도 되는 심지어 핸드폰을 멀리 두어도 누가 뭐라 하지 않는 그런 날 처음엔 어색했다. 뭔가를 해야 할 것 같고 무언가를 하지 않으면 불안했다. 하지만 시간이 지나자 비워낸 공간 속에 나 자신이 조금씩 채워지기 시작했다.

늦잠을 자고 느긋하게 커피를 마시고 좋아하는 책을 꺼내 읽었다. 해질 무렵엔 동네 공원을 산책하며 바람과 나무의 소리를 들었다. 어쩌면 아무것도 아닌 하루였지만 그 속에 내가 있었다. 무엇보다도 '해야만 하는 일'이 아닌 '하고 싶은 일'을 했다는 점에서 나는 나를 가장 잘 돌봐주고 있었다.

휴가는 단순한 여유가 아니었다. 그것은 내 안에 쌓여 있던 스트레스를 꺼내는 방법이자 다시 일상을 살아갈 수 있게 해주는 숨구멍 같은 것이었다. 우리는 종종 멈추는 것을 두려워하지만 멈춤은 곧 회복이다.

이제 나는 안다.

지치지 않기 위해선 가끔은 멈추어야 한다는 것을

무언가를 놓아야만 다시 붙잡을 수 있다는 것을

그리고 진짜 쉼은 스스로에게 주는 가장 따뜻한 선물이라는 것을

즐거운 여행

그런 생각을 한 적도 있었어.
한 번이라도 너와 함께 휴가를 떠난다면
어땠을까? 혼자서 즐거운 상상을 했어.
이곳저곳을 돌아다니며 "우리 다녀가요"
종이 한 장 꺼내다가 조그맣게 글자도 남겨보는
희망 사항 같은 이야기라도 하고 싶은 일 말이야.

산이든 바다든 상관없었어.
그저 너와 함께면 즐거운 일이라며
설레어서 잠도 못 이룰 것 같은 상상.
바다 물결 들이치는 모래 알갱이를
함께 걷는 상상만으로도 얼마나 즐겁던지

기분 좋은 상상의 나래가 현실이었다면
얼마나 좋았을까 하는 상상.
그래도 기억 속에 마음속에서라도
네가 고마운 사람으로 남아있으니
그것만으로도 즐거운 휴가가 될 거야.
비 내리는 날도 좋을 잠깐의 여행도
마음의 천국을 안겨줄 너에게.

파도처럼 스친 휴가

휴가(가고 싶다)

아, 휴가 가고 싶다
어디든 좋으니, 언제든 좋으니

하늘에 떠 있는 구름처럼
멀리 떠나고 싶다

새들은 좋겠다
아무 고민 없이 그저 날기만 하면 되니까

당장 이곳을 떠나 멀리
휴가 가고 싶다

해야 할 일은 잠시 미룬 채
평범하고 지루한 일상은 잊어버리고

행복을 찾아서 떠나고 싶다

내일에 대한 걱정은 잊어버린 채
지금 당장도 좋으니 아주 멀리
휴가 가고 싶다

파도처럼 스친 휴가

집

드디어 집에 도착했다

시간은 정말 쏜살같이 흘러간다

그게 행복한 시간이라면 더더욱

조금 아쉽다

내가 언제 다시 그곳에 갈 수 있을까?

그곳이 나의 집이었다면 참 좋았을 텐데

다시 휴가를 떠날 날만을 기다리며

다시 평범한 일상으로 돌아갔다

휴가

내 인생의 전환점이 되어준 미국 여행

워낙에 보수적인 경상도 집안에서 자라온 나는 해외 여행이나 유학은커녕 외박도 허용되지 않았다. 영어 영문학 전공 동기들은 다들 외국에서 공부하고 왔거나 유학을 가지만 나에게는 다 사치였다. 영어를 전공하면서 영국이나 호주, 미국 등의 영어권 국가를 못 가보다니... 부모님에게 많이 서운하기도 했고 원망했다.

2008년 여름, 내가 딱 20살이 되는 해였다. 그때 나에게 주어진 성인이 된 기념 휴가. 내가 다니던 대학교에서 4주 여름방학 기간 미국 단기 어학연수 참여자를 모집했다. 엄마에게 설득도 하고 가고 싶다고 어필도 하였다. 나의 설득에 못 이겨 결국 엄마는 어학연수 비용(200만 원)과 항공료, 미국에서 사용할 용돈을 지원해 주셨다. LA 한인타운과 차이나타운, 라스베이거스, 그랜드캐니언, 요세미티 국립공원,

UCLA 대학교 캠퍼스 등 평일에는 ESL 과정으로 영어를 배우고, 주말에는 관광과 쇼핑 위주로 생활했다. 함께 했던 동기들, 룸메이트와 어울려 다니며 쇼핑도 하고 같이 사진도 찍고 맛있는 음식도 먹으며 알차게 보냈다.

그렇게 부지런하게 시간을 보내다 보니 어느덧 한국으로 귀국할 시간이 되었다. 아쉬웠다. 4주라는 시간이 정말 짧구나... 한국에서는 하루하루 시간이 가지 않아서 지루했는데 재미있고 즐겁게 보내니 하루하루가 잘 지나갔다.

갓 20대가 되어서 뭐든지 다 서툴렀다. 한국에서는 문법과 어학 점수를 위한 영어 공부만 했던 터라 영어로 현지인들과 대화하면서 나의 실력이 들통나기도 했다. 지금처럼 번역기가 발달되었던 때가 아니라서 나나 주변 사람의 힘으로 대화를 해야 했다. 영어 점수가 항상 상위권이라 영어를 잘한다고 거만했고 자만심도 높아져 있었다. 미국에 있는 기간 내내 자신감도 떨어지고 아는 영어 단어가 한정적이라 답답했다. 무엇보다도 ESL 수업을 들으면서 정확한 영어 문법과 단어를 공부할 수 있었다. 미국에 다녀오자마자 감을 잃고 싶지 않아 토익 스피킹과 라이팅 시험에 응시했다. 미국에서 영어를 많이 듣고 와서 그런지 스피킹 점수는 200점 만점에 170점, 라이팅은 200점 만점에 180점이 나왔다.

미국에 다녀오고 이력서에 한 줄을 더 채워 넣을 수 있었다. 그 덕분인지 한 해운 관련 중소기업에서 번역 담당 업무를 하는 직원으로 취업하였다. 그리고 더 높은 곳을 바라보며 이직 준비를 하게 되었다. 열심히 면접 준비를 하여 공기업에 파견 직원으로 근무를 시작하게 되었다. 그 회사에서 근무를 하면서 소개팅도 하게 되었고 지금의 남편과 만나 1년 4개월 연애 후 결혼까지 하여 살고 있다.

단지 4주라는 짧은 기간 동안 다녀온 미국 어학연수이자 관광이었지만 인생의 전환점이 되었다. 내가 만약 엄마에게 미국에 가고 싶다고 말도 꺼내지 않았다면? 아마 나이가 들어 미국에 갔거나 어쩌면 평생 미국에 가보지 못했을 터다. 언어를 배우는 데는 어릴수록 좋다는 말을 많이 들었다. 10대나 영유아 시기에 외국어를 듣고 배우는 것보다는 덜하지만 20살이라는 어린 나이에 영어를 많이 배운 게 나에게는 큰 힘이

파도처럼 스친 휴가

되었다. 가끔 힘들거나 목표로 했던 일들이 잘되지 않을 때마다 미국 여행을 떠올린다. ESL 수업 과정에서 어떻게든 내 의견을 표현하기 위해 영어로 문장을 생각해서 뱉어야 했고 수료를 하기 위해서라도 아침 일찍 일어나 등교를 했다. 비용을 지원해 주신 부모님을 생각하니 열심히 할 수밖에 없었고 나 또한 오고 싶었던 미국이라 열정을 가지고 임했다. 그랬던 일들이 떠오르며 꾸준하고 성실하게 하다 보면 분명 쨍하고 해 뜰 날이 올 거라는 생각을 하면서 마음을 다진다.

그렇게 20살에 간 첫 미국 여행이 내 인생에서 최고로 기억에 남는 휴가이자 전환점이 되었다.

3. 김미영

파도처럼 스친 휴가

설레는 널 만나러 간다.
손가방 속 자리 잡은
마음 떨림이
마구 두근거린다.

가고 있는 마음보다
먼저 간 내 마음이
반겨주는 너로 인해
마냥 기쁘다.

있다 가야지.
더 있다 가야지.
너랑 있다면
잠시라도 더 있어 좋지.

잠깐 들러준 여행이 아닌
잠시 있어 줄 휴가라 좋다.

바람 소리 피리 불고
별빛 아래 불꽃 날려
스쳐 가는 파도가
콧노래도 부른다.

좋아서 철썩
더 좋다고 철썩
파도처럼 스쳐주는 휴가가 좋다.

잊지 못하지.
잊을 수 없지.
그래서 널 보러 나는 또 간다.

휴가

나만의 섬

소란스러운 세상 잠시 빗겨

눈을 감으면
하얀 모래사장 끝없이 펼쳐진 푸른 바다
수평선 넘어 에메랄드빛 반짝이며
잔잔하게 일렁이는 나만의 섬

떠오르는 생각들
해내야 하는 일들
신경 쓰이는 관계들
잠시 내려놓고

바다와 숲 향기로
숨 쉬는 하나하나 나를 정화하고

나뭇잎 사이 반짝이는 햇살, 스쳐 가는 바람

해먹에 누워 바라본 하늘은

보이는 구름

날아가는 새

멍하니 바라보는 휴식

파도 소리 들으며 남긴 발자국은

파도가 내 복잡한 마음의 흔적을 지우듯

부드럽게 지워주고

머무는 마음에

바람이 전하는 말

파도 에게 들려주고 싶은 말은

종이 위에 끄적이며 시가 되고

자유로운 나만의 섬에서

나를 채우고

나를 사랑하고

다시 일상으로 돌아갈 힘을 얻는다

휴가

흐린 기억 속의 오사카

요즘 다들 일본 여행을 많이 간다고들 한다. 뉴스에 서는 사흘간 지진이 295회 발생해 '7월 대재앙' 설 전 조 증상을 보인다며 난리도 아니던데. '일본' 하면 역 시 지진이 가장 먼저 떠오른다. 과거 옛 조상의 만행 에 대한 징벌인 것일까. 그게 도대체 언제 적 이야긴 데. 난 뭐든 미신적이고 부질없는 생각 혹은 이미 지 나간 머나먼 과거에 대해 꼬리에 꼬리를 무는 망상 등을 습관적으로 한다.

각종 SNS를 통해 또래 친구들이 노는 모습을 지켜 보면 직장 다니며 며칠간 휴가를 빼 가까운 국가 다 녀오는 일 정도는 예삿일도 아니다. 연예인 콘서트를 가서 방방 뛰어놀기도 하고, 야구장에서 응원하는 구 단의 응원가를 목 터지게 부르기도 하고, 하다못해 독 서와 같은 정적인 활동이 취미인 이들마저 독립 서점

투어를 하는 등 자신이 좋아하는 것을 향해 쫓아 부지런히, 바삐 움직이며 살고 있었다.

스스로 정적이고 소심한 사람이라는 사실은 예전부터 익히 알고 있었다. 노는 것도 별로 안 좋아하고 제대로 놀아본 기억도 까마득하다. 학창 시절 때부터 잘 놀던 애는 아니었다. 타고난 아싸 체질이라 해야 할까. 놀아본 적이 없으니 놀 줄 모르는 느낌에 가깝다. 그게 꼭 잘못됐다는 건 아닌데 왠지 인생이 초라하고 슬펐다. 이제 나이까지 먹어 몸과 체력은 쓰레기가 되었고 적당한 거리를 돌아다니는 것조차 귀찮아졌다. 그렇다고 언제까지 방구석에서 책만 읽고 영화만 보고 유튜브만 들락거리다 세상과 사람에 대해 다 아는 양 방구석 헛똑똑이로 살아갈 수만은 없는 노릇이었다.

이십 대가 몇 해 남지 않았다. 정신 차리고 보니 스물일곱이다. 스물넷 정도까지는 나름 재미있었던 것 같은데. 내가 이 지경이 된 건 다 사회 탓이고, 직장 탓이다. 이렇다 할 연애 경험도, 여행 경험도 전무한 스물일곱이 되어 있었다. 나이를 먹더라도 활기차게 먹고 싶었는데. 한 살 한 살 붙어 축 늘어진 사람 말고 한 삶 한 삶 붙어 농익은 사람이 되고 싶었단 말이다. 맨날 가던 곳 가고, 보던 사람 만나고, 하던 짓 하지 말고. 뭔가 새로운 활력이 필요했다. 연애해야 하나. 근데 연애는 혼자 하고 싶다고 할 수 있는 게 아니잖아. 다들 어쩜 그렇게 연애도 잘하고 여행도 잘 다니는지 부러운 마음과 동시에 주눅이 들었다. 나 혼자만 조용하고 재미없게 사는 것 같아서.

내가 살면서 시끄러웠던 적이 있었던가. 그래 있었다. 유독답지 않게 기운이 샘솟고 의욕이 생기고 시끄러워지게 만드는 남자아이 하나가 있었다. 대학 동기 친구였는데 평소엔 조용하다가도 이상하게 그 친구 앞에만 가면 말이 많아지고 말을 자꾸 하고 싶고, 마음이 편안해졌다. 학교 다닐 때 하굣길에 왠지 함께하고 싶고 내 사적인 이야기들을 묻지 않아도 더 들려주고 싶은 친구 같은 느낌이랄까. 워낙 심성이 착하고 상대방의 말을 경청하며 배려심 많고 어른스러운 아이였기 때문이었을 것이다. 미술을 전공하던 애였는데 한때 입시 미술학원에 다니며 예술 활동을 꿈꾸던 적도 있어서 왠지 모를 동경심도 있었다.

스무 살에서 스물한 살로 넘어가던 해의 2월, 그 친구와 나를 포함하여 넷이서 3박 4일로 오사카 여행을 갔던 적이 있다. 남자 둘, 여자 둘 조합이었다. 그리 친한 사이도 아니었는데 어쩌다 분위기에 휩쓸려 여행을 계획하고 떠나게 되었다. 여행 준비 과정에서 사소한 오해가 생겨 거의 둘둘 찢어진 느낌으로 여행을 다녔다. 안 친한 친구들과 억지로 조가 짜여 숨 막히는 수학여행을 떠나온 듯한 기분이었다. 넷이 한 공간에 있는데 넷 다 다른 생각을 하고 있었다. 이런 기분은 고등학교 졸업하면서 같이 졸업할 줄 알았는데.

그러다 마지막 사흘째 되던 날 호텔 방에서 다 같이 둘러앉아 자연스레 서로의 이야기를 주고받는 시간을 가졌다. 맥주와 야식을 먹으며 분위기가 풀어졌고 오해도 허물어졌다. 그때가 거의 유일하게 넷의 마음이 하나가 된 순간인 듯하다. 그 남자아이는 여전히 잘 웃고 나의 이야기를 잘 들어주었다. 여행 내내 혼자서 길 찾고, 짜증 날 법도 한데 언성 한 번 안 높이고, 나중에 여행 브이로그 편집하겠다고 혼자서 열심히 카메라를 들고 고군분투하던 모습이 아직도 눈에 선하다.

셋째 날 밤까지 나는 이기적이고 독단적으로 굴었다. 평소에 술 마시는 것을 좋아하지 않아 나를 제외

한 셋이서만 밤마다 모여 술을 마시고 흔히 말하는 노가리를 까며 놀았다. 나는 방 안에서 혼자 씻고 잤다. 그러다 마지막 날 밤, 이건 내가 좀 너무했다는 생각이 들어 평소에는 입에도 대지 않던 맥주를, 그래도 같이 여행 온 친구들이라고 그 자리에 합석했다. 그게 고맙다고 눈으로 이야기하던 그 아이의 모습이 잊히지 않는다. 걔는 항상 입으로 이야기 안 하고 눈으로 이야기한다. 별 웃기지도 않은 내 학창 시절 이야기를 함박웃음을 지으며 경청해 주었다. 그 순간 비로소 우리가 함께 여행을 왔다는 사실을 실감했다. 좀 더 일찍, 많이 마음을 열 걸 그랬다. 인제야 이런 부질없는 후회를 하는 까닭은 그 여행이 나의 가장 최근이자 마지막 외국 여행이 되었기 때문이다.

이후로는 각자 학업, 군대, 취업, 연애 문제 등의 요인들로 제대로 한 번 모이기조차 어려워졌다. 대학 친구의 한계를 여실히 느꼈다. 한 동네에서 쭉 보고 자라온 옛 친구들은 치고받고 싸우고 이런저런 사건에도 관계와 만남이 유지되는 데 반해 대학 친구들은, 이미 각자 나름의 세계관이 형성된 성인 간에 만남, 관계 유지, 갈등은 생각보다도 복잡하고 계산적이었던 것이다.

내가 기억하는 오사카는 '일본어 패치된 서울'이었다. 실제 한국인 관광객이 많기도 했고 일본 현지의 느낌이 별로 나지 않았다. 어딜 가나 일본어 밑에는 항상 한국어가 덧붙여져 있었고 점원들의 한국어 실력도 수준급이었다. 이틀은 오사카, 하루는 교토에서 놀았는데 확실히 교토가 오사카보다는 일본 로컬 느낌도 많이 나고 전통 가옥, 복장이 많았던 것으로 기억한다.

현지 느낌으로 따지자면, 도쿄가 가장 현지 느낌과 도시 느낌이 많이 나 볼 것도 많고 할 것도 많다고 하던데 다음번엔 도쿄로 꼭 가봐야지. 오사카는 두 번 다시 가고 싶지 않았다. 그리 새롭지도 않았고 그날의 숨 막히고 어색하면서도 무엇인가 엇갈리는 마음과 신호들을 떠올리면 먹구름에 둘러싸인 기분이 든다. 알고 보면 우리 넷 다 서로 좋아하는 사이였는데. 합이 안 맞는다는 게 이런 걸 두고 하는 얘기인 걸까. 기분 좋게 시작했던 여행이 어쩌다 그렇게 된 거지. 아, 그래도 마지막 날 밤 다 같이 맥주 마시고 놀았던 건 재미있었다. 유일하게 여행다운 순간이었다고 봐야 할까. 사계절 가운데 벚꽃이 피어 있는 순간 같았다.

요즘도 사람이 가장 어려운 것 같다는 생각을 종종 한다. 같이 있을 때 일의 연장으로 사회생활을 하듯 대하게 되는 사람이 있고 몸과 마음이 늘어져 포근한 휴양지에 온 듯한 기분을 느끼게 하는 사람이 있다. 나는 살아생전 되도록 많은 이들에게 안락한 휴양지 같은 사람이 되고 싶었고 내 주변에도 그런 사람들이 많기를 바랐다. 그건 생각보다 쉽지 않은 일이었다. 마치 처음 만난 여행지를 제 고향인 양 능숙하게 다니는 게 불가능하듯 우리는 모두 서로에게 불완전하고 낯선 존재들이다.

이제는 희뿌연 기억이 되었지만 어설펐던 그 흐린 기억 속의 오사카는 내 인생에 몇 안 되는 찬란한 젊은 날의 장면으로 영영 남을 것이다. 왜 여행이라는 게 다 그렇지 않은가. 당장은 힘들고 고달파도 돌아보면 다 추억인 거. 그 아이도 그렇게 생각할 것이라 믿는다. 이제는 다들 각자의 여자친구, 남자친구를 만나 여행다운 여행, 휴가다운 휴가를 누리며 살아가겠지. 그리고 그날의 오사카는 자연스레 잊히겠지. 왠지 눈물이 날 것 같다. 즐겁고 행복한 순간은 왜 이렇게 짧

파도처럼 스친 휴가

게 스쳐 지나가는 걸까. 봄날의 벚꽃처럼.

내년 봄 즈음에는 과연 누가 내 곁에 끝까지 남아 있을까. 그리고 나와 그는 어디쯤을 거닐고 있을까. 오래 알고 지낼 줄 알았던 사람들과 어이없는 사유로 멀어지고 절대 친해질 수 없을 줄 알았던 사람들과 은근히 붙어있는 인생을 반복하며 나는 이제 누구와 친해지고 어디로 향해갈지 예측조차 함부로 할 수 없다.

기왕이면 서로에게 휴가가 되고 휴양지가 되어주는 관계였으면 한다. 늘 보던 포장도로 위 야자수 한 그루 같은 존재. 내가 조금 재미없고 지루한 사람같이 굴더라도, 그게 서투른 애정 표현이었음을 알아주는 사람이었으면 한다. 같이 안 놀고 싶은 게 아니라 못 놀아본 부끄럼쟁이라 그렇다는 걸 너그럽고 귀엽게 바라봐 주는 사람이었으면 한다. 그러면 나는 그 사람에게 흐린 기억 속의 그대가 아닌, 겨울철에도 홀로 피어 있는 벚나무가 되어야지.

따뜻한 휴가

결혼 후, 남편과 함께 떠난 첫 휴가가 아직도 기억에 남는다.

우리가 선택한 여행지는 거제도였다.

나는 거제도가 처음이라 들뜬 마음으로 바다에서 수영할 꿈을 꾸었고, 남편은 그런 나를 위해 구석구석 관광 계획을 세웠다.

계획은 빈틈없이 준비했지만, 날씨 예보를 확인하지 않은 게 실수였다.

펜션에 도착하자마자 비가 내리기 시작했다.

장거리 운전으로 지친 우리는 일단 펜션에서 쉬기로 했다.

내심 다음 날은 맑기를 바랐다.

하지만 다음 날, 창밖엔 소나기가 쏟아지고 있었다.

빗물이 유리를 타고 주르륵 흘러내리는 소리에 우리는 계획을 모두 접었다.

할 수 없이 과자와 음료를 사 와서 영화를 보기로 했다.

영화를 고르는 사이, 밖에선 거센 바람이 몰아치기 시작했다.

태풍이 거제도를 덮친 것이다. 창문이 흔들릴 정도로 강한 바람이었지만 이상하게도 무섭지 않았다.

그저, 내가 사랑하는 사람과 함께 있는 지금 이 순간이 편안하게 느껴졌다.

남편이 영화를 재생하려는 순간, 나는 얼음을 담은 컵에 음료를 따르고 있었다.

잠깐 화면을 보느라 한눈을 판 사이, 병을 테이블 모서리에 내려놓다가 그만 떨어뜨리고 말았다.

뚜껑이 덜 닫힌 상태라 바닥에 음료가 쏟아졌다.

남편은 짜증을 냈고, 나는 괜히 웃음이 나왔다.

웃음을 참으며 바닥을 닦았고, 겨우 마무리되자 남편이 말했다.

휴가

“음료 없으면 영화 못 봐.”

한숨이 절로 나왔지만, 결국 우린 우비를 챙겨 입고
비바람 속으로 음료를 사러 나갔다.
돌아오는 길, 남편의 표정은 흐린 날씨처럼 무거웠
지만 나는 결국 웃음을 터뜨렸다.
펜션으로 돌아와서는 다행히 평화롭게 영화를 볼
수 있었다.

셋째 날도 날씨는 여전했다.
기대했던 해수욕장은 결국 가지 못했다.
애써 챙겨온 수영복은 꺼내보지도 못했다.

비와 바람이 함께한 휴가.
원래 같았으면 계획이 엉켜버린 이 상황에 속상하
고 실망했을지도 모른다.
하지만 이번에는 마음을 달리 먹었다.
휴가는, 무엇보다 즐거워야 하니까.
꼭 어딜 가고 뭘 해야만 좋은 휴가는 아니라는 걸
그때 처음 알게 되었다.

파도처럼 스친 휴가

우리는 함께 웃었고, 함께 쉬었고, 함께 기억을 만들었다.
바다보다 더 깊은 이야기를 나눴고, 바람보다 더 포근한 온기를 느꼈다.

그래서 생각한다.
어떤 시간이든,
가장 행복한 시간은 결국
사랑하는 사람과 함께 있는 그 순간이라는 걸.

날씨보다 중요한 건,
우리의 마음이었다.

휴가의 달콤함

알람 소리 없는 아침이

얼마나 부드러운지

늦잠의 여유로움 속에서

몸이 기지개를 켠다

창밖으로 쏟아지는 햇살도

오늘은 재촉하지 않고

시곗바늘도 천천히 돌아간다

마치 나를 배려하듯

카페에서 마시는 한 잔의 커피

평소보다 더욱 향기롭고

아무 생각 없이 바라본 하늘이

이렇게나 푸른 줄 몰랐다

메일함을 확인하지 않는 자유
전화벨이 울려도 괜찮은 여유
오랫동안 읽지 못했던 책을
무릎 위에 펼쳐 놓는다

친구와 나누는 소소한 대화
맛집을 찾아 떠나는 발걸음
평범한 일상이 특별해지는
휴가만의 마법

저녁노을을 보며 생각한다
이 달콤한 시간들이
내 마음 깊은 곳에 차곡차곡
추억으로 쌓여간다는 것을

휴가는 끝이 있기에 더 소중하고
일상으로 돌아갈 힘을 주는
달콤한 쉼표 같은 선물

도심 속에서의 호캉스

여행사에서 구매한 티켓으로 호텔에 예약을 했다. 엄마와 함께 여의도 콘래드 호텔에 도착했을 때의 설렘을 지금도 생생히 기억한다. 로비에 들어서는 순간 마주한 세련된 인테리어와 은은한 향기, 그리고 직원들의 따뜻한 미소가 우리를 맞이했다. 엄마는 "정말 멋지다"며 눈을 반짝이셨고, 나 역시 평소 경험하지 못했던 럭셔리한 공간에 마음이 들떠있었다.

체크인을 마치고 엘리베이터를 타고 올라가는 동안, 엄마와 나는 마치 소녀들처럼 수다를 떨었다. 방 카드 키를 받아 문을 열었을 때 우리 앞에 펼쳐진 광경은 정말 황홀했다. 넓은 창문 너머로 보이는 도시 전망, 푹신한 킹사이즈 침대, 그리고 세심하게 배치된 어메니티들까지. 엄마는 "우리가 정말 여기서 잘 수 있는 거야?"라며 믿을 수 없다는 표정을 지으셨다.

첫날 저녁, 우리는 침대에 나란히 누워 텔레비전을

보며 호텔에서 제공하는 티와 과자를 함께 나누었다. 평소 집에서는 각자의 방에서 시간을 보내는 일이 많았는데, 이렇게 한 공간에서 편안하게 대화하며 시간을 보내는 것이 얼마나 소중한지 새삼 깨달았다. 엄마는 오랜만에 편안한 표정으로 웃으시며 어린 시절 이야기를 들려주셨고, 나는 그런 엄마의 모습을 보며 마음이 따뜻해졌다.

객실에 들어서자마자 발걸음이 창가로 향했다. 37층에서 내려다본 한강과 여의도 풍경은 평소 길에서 보던 것과는 완전히 달랐다. 마치 거대한 파노라마 그림을 보는 듯했다. 한강 위를 오가는 유람선들이 작은 장난감처럼 보였고, 반포대교와 한강대교가 도시를 우아하게 연결하고 있었다.

해가 저물어가면서 도시의 불빛들이 하나둘 켜지기 시작했다. 63빌딩의 황금빛 조명, 한강 다리들의 화려한 LED, 그리고 멀리 남산타워까지. 평소 그저 복잡하고 바쁘다고만 생각했던 서울이 이렇게 아름다운 도시였다니. 창가에 놓인 편안한 의자에 앉아 와인한 잔을 마시며 바라본 야경은 어떤 해외 명소 못지않게 멋있었다.

호텔에서의 시간은 단순히 좋은 시설을 이용하는 것 이상의 의미가 있었다. 욕조에 몸을 담그고 있으면서 문득 깨달았다. 럭셔리란 비싼 것들로 둘러싸인 환경이 아니라, 시간에 쫓기지 않고 자신만의 속도로 모든 것을 즐길 수 있는 여유로움이구나.

평소라면 5분 만에 후다닥 끝내는 샤워를 30분 넘게 여유롭게 즐겼다. 부드러운 수압, 향긋한 어메니티, 푹신한 타월. 모든 것이 나를 위한 시간이었다. 침대에 누워 아무 생각 없이 천장을 바라보는 시간조차 사치스럽게 느껴졌다.

다음날 아침, 우리가 가장 기대했던 조식 뷔페 시간이 되었다. 레스토랑에 들어서자마자 우리는 그 화려한 진열에 압도되었다. 신선한 과일들이 무지개처럼 배열되어 있었고, 갓 구운 빵들의 고소한 향기가 코끝을 자극했다. 엄마는 "이렇게 많은 음식을 어떻게 다 먹어보지?"라며 행복한 고민에 빠지셨다.

우리는 마치 보물찾기하듯 뷔페를 천천히 돌아다녔다. 엄마는 평소 드시기 힘든 연어 사시미와 치즈들을 조심스럽게 접시에 담으셨고, 나는 다양한 종류의 빵과 잼들을 골랐다. 창가 자리에 앉아 외국 관광객들과

파도처럼 스친 휴가

함께 식사를 하며, 우리는 마치 해외여행을 온 것 같은 기분을 만끽했다. 엄마는 "이런 여유로운 아침 식사가 얼마나 오랜만인지 모르겠다"며 감탄하셨다.

특히 기억에 남는 것은 엄마가 팬케이크를 드시며 보이신 환한 미소였다. 평소 다이어트를 하신다며 달콤한 것을 참으셨는데, 그날만큼은 "오늘은 특별한 날이니까"라며 맛있게 드셨다. 그 모습을 보며 나는 더 자주 이런 시간을 만들어드려야겠다고 다짐했다.

호텔 가운을 입고 베란다에 나가 도시의 야경을 바라보며 차를 마셨다. 그 순간의 평온함과 행복감은 말로 표현할 수 없을 정도였다.

체크아웃 시간이 다가오면서 아쉬움이 밀려왔다. 하지만 이 짧은 호캉스가 남긴 것은 단순한 추억만이 아니었다. 일상에서도 충분히 특별한 순간들을 만들어낼 수 있다는 깨달음, 바쁜 일상 속에서도 자신을 위한 시간을 가지는 것의 소중함, 그리고 내가 살고 있는 이 도시의 새로운 면을 발견한 기쁨.

엘리베이터를 타고 내려가면서 생각했다. 때로는 멀리 떠나는 여행보다 가까운 곳에서의 작은 탈출이 더 큰 의미를 가질 수 있구나. 여의도 콘래드에서 보낸

하루는 호캉스가 단순한 트렌드가 아니라, 현대인들에게 필요한 새로운 휴식의 방식임을 보여준 소중한 경험이었다.

호텔을 나서며 다시 한번 뒤돌아보았다. 37층 어딘가에 있던 그 창가 자리가 아련하게 그리워졌다. 하지만 이제 알았다. 언제든 다시 그런 특별한 시간을 만들 수 있다는 것을. 그것이 바로 도심 속 호캉스가 주는 가장 큰 선물이었다.

이틀간의 짧은 호캉스였지만, 엄마와 나는 일상에서 놓치고 있던 소중한 것들을 다시 발견할 수 있었다. 함께 웃고, 대화하고, 맛있는 음식을 나누며 보낸 시간들이 얼마나 값진 것인지 깨달았다. 집으로 돌아가는 차 안에서 엄마는 "정말 꿈 같았다"며 내 손을 꼭 잡으셨다. 그 따뜻한 손의 온기와 함께, 우리의 특별한 추억이 마음 깊이 새겨졌다.

지금 생각해 보면 그 호캉스는 단순한 휴가가 아니었다. 바쁜 일상 속에서 잊고 지냈던 가족의 소중함을 다시 일깨워준 선물 같은 시간이었다. 앞으로도 이런 소중한 시간들을 더 많이 만들어가고 싶다는 생각이 든다.

파도처럼 스친 휴가

휴가의 시간

파도가 내 발밑을 스친다.
휴가가 며칠 남아 있는지
파도의 넘실거림을 따라서 생각해 본다.

파도가 철썩하면서
휴가의 기억 더미를 나에게 건네어 준다.

파도가 넘실거리며
휴가의 기억 너머를 나에게 옮기어 준다.

내 발 위로 파도가 넘실거리니
휴가의 시간도 그만큼 스쳐 간다.

철썩 철썩철썩
처얼썩 철썩 처얼썩.

파도의 우렁찬 발걸음처럼
휴가에서 일상으로 철썩 넘어가기에
파도처럼 스쳐 가는 휴가가 너무 아쉽기만 하다.

아직, 이번 휴가도 끝나지 않았는데도
다음 휴가를 기다려본다.

파도처럼 스친 휴가

두 바퀴 위의 휴가

네가 몰고

내가 타는

두 바퀴짜리 세상 위에서

헬멧보다

더 가까운 너의 등

흔들흔들

우리만의 구불구불 코스

셔츠에 붙은 햇살 하나

슬쩍 떼어 손에 쥐고

살며시 스친 손끝
조용히 전해지는 온기

뒤에서 흐르는
숨결과 심장 소리

떨리는 내 마음도
그 리듬에 맞춰 뛰고

귓가를 간질이는 웃음
달콤한 노래가 되어 퍼지고

너라는 빛
내 마음 깊이 스며든다

이 순간, 이 속도
그 모든 게
내겐 완벽한 휴가

파도처럼 스친 휴가

두근두근 필름롤

조명은 어두운데
내 마음은 반짝반짝

스크린은 액션인데
내 심장은 로맨스

너와 손 꼭 잡고
숨도 살짝 맞춰 앉으면
여기가 바로 심쿵 리조트

대사도, 장면도 다 좋지만
가장 좋은 건
너의 온기

손끝 닿을 때마다

두근두근 뛰는

세상 가장 짜릿한

청춘의 휴가

휴가지에서의 하루

새하얀 등대가 존재감을 드러내고

넘실대는 파도들은

서로 등 떠밀며 멀리뛰기를 한다

밝은 햇살은

바다를 더 아름답게 만들고

눈부신 윤슬을 만든다

자연이 만들어낸 여름바람은

미지근해도 기분을 좋게 만든다

어느덧 노을이 진 하늘은

수채화가 되어 전시회를 열고

감상하느라 시간을 잊으면

짧은 휴가를 알려주듯

달님과 별님이 마중을 나온다

인생 휴가 끝에서

끝없이 치솟던 푸른 인생의 함성이
어느덧 힘없이 소금기 빠진 채 신명을 잃고
가지 끝에 매달린 하루살이
눈빛이 희미합니다

인생 열대야의 지독한 불면에 뒤척이며
무성하게 끓어오르던 온몸의 무성함도
이제는 이 악물 아집조차 으스러진채
숨소리가 고요합니다

굽이굽이
인생의 서산에 머무른 못다 한 꿈들이
인생 휴가 끝자락에 비스듬히 서 있습니다

기꺼이 한 자리를 내어준 안개 같은 인생 휴가길
거추장스러운 인생의 무거운 옷 훌훌 벗어 던지고
몸과 마음 가벼이
꾸밈없이 거짓 없이
내 모습 그대로 오롯이 다 보여주며

불어오는 여름의 초록 신록에 걸터앉아
눈시울이 붉어집니다

나만의 휴가

20대 후반 일을 시작하면서 여름휴가 떠나 본 적 없었다. 관광지에서 펜션과 식당을 운영했기 때문에 나에게 특히 주말, 공휴일, 휴가철에는 더 긴장하고 일해야 했다. 한껏 들뜬 표정의 손님들을 마주할 때면 '나도 평범한 직장인처럼 놀 땐 놀고 쉴 땐 쉬는 삶 살고 싶다'는 갈증이 밀려왔다. 봄이면 예쁜 옷 차려입고 꽃놀이 가고 싶었고 여름엔 며칠간 바닷가에 머물며 서핑을 배우고 바다 보며 시원한 맥주 한 캔 마셔 보고 싶었다. 가족과 함께 시원한 계곡 평상에 앉아 신선놀음 즐기는 꿈도 꾸었다. 가을에는 단풍놀이 가고, 겨울에는 얼음 낚시해 보는 게 소원이었다. 주말엔 친구와 영화 보고 커피 한 잔 마시며 소소한 일상의 재미 느끼는 삶을 소망했다. 법정 공휴일과 휴가를 온전히 즐기고 싶었다.

그러다 팬데믹 함께 예기치 않은 긴 휴가가 찾아왔다. 막상 시간이 주어졌지만, 집 밖으로 나갈 수 없었다. 몸은 편해졌지만 마음은 불안했고 불편했다. 내가 원했던 것은 적당히 일하며 쉴 때 쉬는 삶이었다. 이렇게 기약 없이 일할 수 없는 이런 상황을 바란 게 아니었다.

그러던 중 유튜브에서 한 권의 책을 소개하는 영상을 보게 되었다. '삶이 바뀌는 기적'이 일어난다고 한다. 평소 독서와 거리가 멀었지만 호기심이 생겼다.

곧바로 네이버에 책 이름을 검색했고 하루에 10쪽씩 읽는 온라인 독서 모임 홍보 글이 눈에 들어왔다. '5월 1일 시작합니다.' 오늘이다. '이 책과 나는 운명인가!'라고 특별한 의미를 부여했다. 독서라고는 해본 적 없어 두려움도 컸지만 '운명적 끌림'이 참여하고 싶다고 댓글을 달 용기를 주었다.

대단한 각오로 시작한 독서는 아니었지만 매일 책 읽는 습관은 5년이 지난 지금도 꾸준히 이어지고 있다. 독서 모임을 통해 '본깨적'을 알게 되었다. 책을 읽으며 '본 것, 깨달은 것, 적용할 점'을 노트에 기록하는 것이다. 작가의 경험에 공감하고 내 생각을 기록하며 나 자신을 더 잘 이해할 수 있게 되었다. 한 권 한 권 늘어나는 독서 노트 볼 때마다 뿌듯함이 커져 갔다. 독서 노트 안에 담긴 나의 지난 생각과 성장의 흔적을 발견할 수 있었다.

독서를 통해 휴가란 '어딘가로 떠나야 하고 누군가와 함께해야만 하는 것'이라는 고정관념에서 벗어날 수 있었다. 내면의 목소리에 귀 기울이고 온전히 나와 대화를 나눌 수 있는 독서야말로 몸과 마음에 휴식을 주었다. 책을 읽는다는 것은 나 자신과 함께하는 특별한 여행이었다. 독서는 언제나 즐길 수 있는 '나만의 휴가'가 되었다.

마르셀 프루스트는 진정한 여행은 새로운 풍경을 보는 것이 아니라 새로운 눈을 가지는 것이라 했다. 독서를 통해 작가의 경험과 생각을 마주하며 새로운 시선을 발견하고, 나 자신과 만나는 시간을 늘려가며 내면의 풍경을 끊임없이 확장하는 삶을 이어가고 싶다.

누구에게나 '나만의 휴가'를 가질 수 있는 운명 같은 기계가 있었으면 좋겠다. 자신을 돌아보고 새로운 시각을 얻는 소중한 시간의 경험을 공유하고 싶다.

파도처럼 스친 휴가

포레스트 웨일 공동 작가

파도처럼 스친 휴가

초판 1쇄 발행 2025년 07월 09일
초판 1쇄 인쇄 2025년 07월 09일

지은이 　이겸 | 꿈꾸는 쟁이 | MOLee | 김혜지 | 최준우 | 이연화 | 류광현
　　　　동네과학쌤 | 강대진 | 임은혜 | 오구목 | 유체 | 이혜성 | 바지사자
　　　　이철희 | 임만옥 | 백현기 | 한라노 | 루시아(혜린) | 강서율
　　　　이민영 | 노태영 | 아낌 | 이찬희 | 최정 | 김예빈 | 전갈마녀[조해원]
　　　　조현민 | 신지은 | 문미영 | 윤슬인 | 김미영 | 우주 | 이기선 | 장준혁
　　　　최이서 | 칠월하루 | 안세진 | 김감귤 | 인꽃 | 주변인 | 0526
　　　　비온담 | 문병열 | lilylove | 하형정 | 진은영 | 사랑의 빛 | 희작
　　　　강단교 | 명량소녀 | 김채림(수풀) | 전진명 | 윤슬 | 영지현 | 윤현정

표지 그림　다망 @art.damang
디자인　　포레스트 웨일
펴낸이　　포레스트 웨일
펴낸곳　　포레스트 웨일
출판등록　제2021 - 000014 호
주소　　　충청남도 아산시 탕정면 용머리길 40 유니콘101 216호
전자우편　forestwhalepublish@naver.com

종이책　　979-11-94741-33-6
전자책　　979-11-94741-32-9

작가님들과 함께 성장하는 출판사
포레스트 웨일입니다.
작가님들의 소중한 원고를 받고 있습니다.
forestwhalepublish@naver.com